KB065389

로크미디어가
유혹하는
재미있는 세상

ROK
MEDIA
로크미디어

만렙닥터
리턴즈

만렙 닥터 리턴즈 1

2022년 1월 5일 초판 1쇄 인쇄
2022년 1월 10일 초판 1쇄 발행

지은이 13월생
발행인 김정수 강준규

기획 이기헌 왕소현 박경무 강민구
책임편집 주현진
마케팅지원 배진경 임혜솔 송지유 이영선

발행처 (주)로크미디어
출판등록 2003년 3월 24일
주소 서울시 마포구 성암로 330 DMC첨단산업센터 318호
Tel (02)3273-5135 **편집** (070)7860-2726 **Fax** (02)3273-5134
홈페이지 rokmedia.com **E-mail** rokmedia@empas.com

값 8,000원

ISBN 979-11-354-7401-9 (1권)
ISBN 979-11-354-7400-2 04810 (세트)

ROK
MEDIA

만렙닥터

13월생 현대 판타지 장편소설 ①

리턴즈

Contents

프롤로그

나 김윤찬은 그저 그런 지방 의대를 졸업해 그저 그런 외과 의사로 살다 불의의 사고로 죽어 본과 1년 때로 회귀했고 이제 4년이 지났다.

하지만 두 번째 의대 생활도, 힘들기는 마찬가지였다.

본과 1년.

무지막지한 과목 수와 각각 채워야 할 그 시간들, 끊임없는 폐관수련에도 '2년 차가 되면 괜찮아질 거야!'라는 기대감에 한 해를 넘겼지만 2년 차 시간표를 받아 드는 순간, 그것이 헛된 망상이었음을 절실히 깨달았다.

이제는 기억도 나지 않는 수백 개의 뼈 이름을 다 외워야 했고, 도르래신경, 혀인두신경, 더부신경, 혀밑신경 등 이건 뭐 무슨 말인지도 모를 뇌신경들과 31쌍의 척수신경들을 무조건 머릿속에 꽉꽉 채워 넣어야만 했다.

도대체 이걸 왜 외워야 하는지도 모른 채 말이다.

그렇게 터질 것 같은 뇌를 비운 후, 외울 필요도 없을 것 같고 외울 수도 없으며, 외워도 별반 도움이 되지 않을 무수한 근육들의 이름을 뇌 속에 또다시 채워 넣어야 했다.

팔이 빠지도록 교수님 수업 내용을 녹음해 받아 적어 필기 족보를 만들어야 했으며, 언제나 시험 전날, 학교 앞 복삿집에서 좀비처럼 족보를 찾아 이곳저곳을 헤매고 돌아다녀야 했다.

손가락에 진득하게 묻은 포르말린 냄새가 역겨워 수도 없이 구역질을 했으며, 카데바에 엮인 괴담을 들은 날은 어김없이 악몽에 시달려야 했다.

해부학 시간엔 언제나 유족들을 모시고 엄숙한 영결식을 거행해야 했고, 학생들은 기도를 하든 합장을 하든 각자의 방식대로 고인의 넋을 기렸다.

365일, 12개월, 48주 내내 시험을 봐야 했으며, 언제나 시험일은 토요일이었다. 그래서 난 지금도 토요일이 월요일보다 싫다.

남들은 불금에 학교 앞 주점이나 맥줏집을 전전하며 미쳐 날뛸 때, 뼛조각 하나라도 더 머릿속에 집어넣으려고 졸린 눈을 비벼 댔으며, 지금도 헷갈리는 각종 인체 구조물들을 눈 속에 사진 찍듯이 담아 둬야 했다.

물론, 시험 보면 급속도로 날아가는 휘발성이었지만.

50여 개의 테이블 위에 놓은 인체의 구조물들을 30초 간격으로 돌아다니면서 맞히는 시험, 아니 일종의 스피드 게임 같은 '땡시' 때마다 심장은 쫄깃쫄깃해졌으며, 교수실에 들러 시험 점수를 확인한 후, 유급의 두려움에 머리털을 쥐어뜯어야 했다.

한 학기만 지나도 책꽂이에 꽂힌 책 권수만 수십 권이었고, 다음 학기를 위해 대기 타고 있는 교재 또한 수십 권이었다.

본과 3년부터는 3~5명씩 팀을 이뤄 본격적인 실습이라는 것을 하는데, 문진도 하며 각종 외래나 수술을 참관했다.

교수님들은 이때의 우리를 사람도 아니고 의사도 아닌 정체불명의 위험한(?) 것들로 인식했으며, 우리가 건들면 멀쩡했던 환자도 급속도로 병세가 악화된다고 해서, 우리를 환자 연쇄살인마라고 불렀다.

그렇게 난, 예전에 엄청난 인기를 끌었던 공포의 외인구단의 지옥 훈련과도 같은 본과 생활을 마칠 수 있었다.

아! 별반 다를 것 없는 의대 생활이었지만, 전생과 조금 다른 것도 있었다.

해부학 실습 시간엔 굳이 카데바의 몸속을 들여다볼 필요도 없었으며, 해부학, 골학, 조직학 땡시 결과는 언제나 만점이었다는 것 정도?

남들 족보 외우느라 꼬박 밤을 지새울 때, 남몰래 심야 영화 보러 극장에 갈 수 있을 정도의 여유가 생긴 것?

아무튼, 그렇게 4년간 내리 장학금과 과 수석을 놓치지 않은 정도가 달라진 점이라면 달라진 것이라 하겠다.

그렇게 힘겨웠던(?) 본과 4년을 마치고 인턴 생활을 앞뒀을 즈음, 친구들과 나는 3박 4일간의 여행을 계획하고 있었다.

민수를 구하시오

3박 4일간의 강원도 여행.

일원은 나를 비롯해 절친인 이택진, 한민수와 백창현, 그리고 유일한 홍일점인 정영은이었다.

본과 1년 때, 족장과 족원으로 만난 인연이 지금까지 이어졌다.

우리가 묵을 장소는 대관령 인근. 민수 아버지 소유의 별장이었다.

비록 지방대였지만, 나와 택진이를 제외한 대부분의 학생들은 서울 출신이었고, 그중 민수처럼 제법 잘사는 집 자식들도 적지 않았다.

그렇게 예정된 일정을 마치고 마지막 만찬을 즐기고 있을 즈음이었다.

쾅!

거칠게 문 열리는 소리가 들렸고, 한민수가 땀을 뻘뻘 흘리며 정영은을 업고 들어왔다.

"어떻게 된 거야?"

다 같이 둘러앉아 술을 마시던 녀석들이 스프링처럼 튀어 올랐다.

"길이 어두워서 그만, 헉헉."

장을 보고 거의 숙소에 도착할 무렵, 난간을 들이받아 사고가 난 모양이었다. 게다가 핸드폰을 두고 나와 119에 신고를 못 하는 바람에 일단 숙소로 데리고 온 것이다.

"영은이 이쪽으로 빨리 눕혀!"

이택진이 제일 먼저 나섰다.

"여, 여기가 어디야?"

"영은아, 괜찮아? 괜찮은 거야?"

"어, 난 괜찮은데, 민수는?"

"걔는 멀쩡하니까 신경 쓰지 마."

"그래도, 나보다 민수가 많이 다쳤을 텐데."

"일어나지 마. 움직이지 마. 엘보 프락쳐(팔꿈치 골절) 올 수 있으니까."

"비켜! 어쩌면 헤모페리(복강내(內)출혈) 있을지도 몰라."

이택진과 백창현이 경쟁적으로 숫기를 발휘하기 시작했

다.

택진아, 엘보 프락쳐(팔꿈치 골절)면 팔을 들지도 못해. 게다가 복강내출혈이라니. 그러니까 너희들을 청부 살해업자라고 하는 거야. 복강내출혈이면 영은이는 지금 숨도 못 쉬어야 해.

언뜻 보니, 맥박, 호흡 다 정상. 영은이는 단순 타박상에 불과했다.

문제는 영은이가 아니라 민수였다!

"민수야, 괜찮아? 얼굴이 창백해 보이는데?"

"괘, 괜찮아."

"여기 앉아서 좀 쉬어. 내가 물 좀 가지고 올게."

"그래, 고마워."

민수가 소파에 쓰러지듯 몸을 내던지더니 가쁜 숨을 몰아쉬었다.

"너, 정말 괜찮아?"

"어, 아니, 안 괜찮은 거 같아. 가슴이 아파. 숨을 못 쉬겠어."

급속히 창백해지는 민수의 입술. 숨소리마저 가빠졌다.

심음 감소!

민수의 가슴에 귀를 대 보니, 심장 소리가 잘 들리지 않았다.

"윤찬아, 수, 숨을 못 쉬겠어. 나, 나 좀 어떻게 해 줘!"

민수가 비 오듯 식은땀을 흘리더니 얼굴에 핏기마저 가셨다.

허억허억.

거기에 호흡부전까지. 조만간 민수는 의식을 잃을 것 같았다.

멍 자국?

녀석의 셔츠를 벌려 보니 가슴에 푸르스름한 멍이 잡혀 있었다.

"민수 너, 잠시 누워 봐."

"악!"

그 순간, 민수가 외마디 비명을 토해 냈다.

"뭐야? 왜 그래, 한민수?"

그때서야, 영은이한테 정신이 팔려 있던 녀석들이 반응하기 시작했다.

제이브이디(경정맥 팽대).

민수의 목 주변을 살펴보니, 경정맥이 심하게 부풀어 올라 있었다.

정맥이 부풀어 올라 있다는 건, 혈액순환이 되지 않아 피가 고여 혈관이 부풀어 올랐다는 것.

게다가, 앉아 있는 것보다 누워 있을 때 더 통증이 심하고 등 쪽에 커다란 멍 자국이 있다면?

탐폰(심낭압전)이 의심된다. 잘못하면 민수는 죽는다!

"택진아, 119에 신고 좀 해 줘."

"왜 그러는데? 영은이 업고 오느라 탈진한 거 아냐?"

"탈진 아냐. 급하니까 잔말 말고 구급차 불러."

급기야 그사이에 한민수가 의식을 잃고 말았다.

"야, 일어나! 눈떠, 한민수!"

그때서야 사태의 심각성을 깨달은 이택진과 백창현이 민수의 뺨을 때리기 시작했다.

"지금 뭐 하니? 비켜!"

난 한심한 놈들을 밀쳐 냈다.

"택진아, 도와줘. 민수 편안하게 눕혀야 해."

"아, 알았어."

창백해진 민수의 안색. 분명 저혈압성 쇼크가 온 것이 틀림없었다.

"영은아, 스타킹 좀 벗어 줘."

"그건 왜?"

"압박하려고. 혈압 떨어지는데 승압제가 없잖아."

"아, 그래. 알았어."

영은이가 즉시 스타킹을 벗어 주었다.

"택진아, 민수 다리를 머리보다 높게 해 주고, 스타킹 좀 신겨 줘."

"알았어."

"119는?"

"어, 연락해 봤는데, 당장은 못 온대. 1시간 정도 걸릴 거라는데, 괜찮을까?"

"당연히 안 괜찮지."

차를 몰고 나간다 해도 1시간 이상은 걸릴 거리. 게다가 탐폰(심낭압전)이라면 천자를 해야 하는데, 아무런 장비도 없는 상황이었다.

"민수 부모님 전화 안 받는데? 어쩌지?"

창현이가 민수 부모님께 전화를 한 모양이었다.

"민수 부모님들 미국 학회에 가셨어. 두 분 다 의사시잖아."

"그러면 어쩌지?"

"택진아, 어, 어떻게 좀 해 봐. 이러다 민수 죽겠어."

정영은이 울먹였다.

"뭘 어떻게 해? 119가 올 때까지 기다릴 수밖에."

택진이가 할 수 있는 말은 그것뿐이었으리라.

"교, 교수님, 저 창현입니다."

그렇게 갈피를 못 잡고 우왕좌왕하는 사이, 백창현이 윤상현 교수에게 전화를 걸었다.

─밤늦게 무슨 일이야?

"교수님, 민수가 교통사고를 당했는데, 지금 상태가 안 좋아요."

─뭐라고? 어떻게 안 좋은데?

"그게, 식은땀을 많이 흘리고, 그리고 얼굴이 창백해요."

―이 녀석아, 의식부터 확인을 해야지. 의식은?

"의, 의식이 없는 것 같아요. 눈동자가 반응을 안 합니다."

―호흡은? 호흡은 어떤데?

"그건 잘 모르겠어요."

"전화 이리 줘."

나는 백창현의 전화를 뺏어 들었다.

"교수님, 저 김윤찬입니다."

―어, 그래. 창현이 말로는 판단이 안 선다. 무슨 일이야?

"심음이 굉장히 떨어졌습니다."

―그래? 그러면 목 주변을 좀 살펴봐.

"목 부위 혈관이 상당히 부어 있습니다. 게다가 얼굴이 창백한 게, 혈압도 떨어지는 것 같고요. 가슴에 멍 자국이 있는 걸로 봐서, 심장 쪽에 상당한 충격이 있었나 봅니다."

―윤찬아, 내 말 잘 들어.

"네."

―민수 맥박을 잡아 볼 수 있니? 거기, 팔목에 펄떡거리는 부분!

타키카디아(발작성 빈맥)을 확인해 보려는 의도였다.

"네, 잡았습니다."

―그러면, 거기에 엄지를 대고, 15초 동안 얼마나 뛰는지 확인한 다음 곱하기 4를 해서 그 수치를 알려 줘. 빨리.

"분당 180입니다."

맥박이 빠르다는 것.

수압이 떨어진 물 펌프와 같은 원리다.

수압이 떨어지면 한 번에 다량의 물을 배출할 수 없으니, 펌프질의 횟수를 증가시킬 수밖에 없을 터.

떨어진 혈압을 보상하려는 발작성 빈맥이 틀림없었다.

—180이라고?

"네, 심하게 뛰는데요."

—교통사고라고 했지? 뾰족한 데 찔린 건 아니고?

"네, 둔상인 것 같아요."

—앉아 있을 때보다 누워 있을 때, 고통이 심했고?

"네, 맞습니다."

심낭에 삼출액이 많아지면 심장을 압박해 통증이 심해진다. 그래서 누워 있을 때, 더 통증이 더 심하다.

—하아, 블런트 인저리(둔상)에 탐폰이 올 가능성은 별로 없는데? 큰일이네. 119에는 신고해 봤니?

"네, 오는 데 1시간이나 걸린대요. 어떡하죠? 응급조치를 해야 할 것 같은데."

—아니다. 잠시만 기다려 봐. 네가 할 수 있는 응급조치가 아니야. 내가 소방서에 헬기라도 보낼 수 있는지 알아볼 테니까, 절대 민수 몸에 손대면 안 돼. 알았지?

"네, 알겠습니다."

그렇게 흘러간 시간은 5분여. 윤상현 교수에게서 전화가 왔다.

　-지금은 헬기를 띄울 수가 없다는구나.

　"그럼 어떻게 해요?"

　-지금으로선 119 구급대원이 올 때까지 기다리는 수밖에 없어.

　"교수님, 시간이 없어요. 제가 심낭천자를 해 보겠습니다."

　-뭐? 뭐를 해?

　"심낭천자요."

　-너, 민수가 심낭압전이라고 생각하고 있는 거야?

　"네, 탐폰(심낭압전)이 의심됩니다."

　-그래, 네 말대로 심낭압전이 맞는다면, 심낭천자가 유일한 방법이겠지. 하지만 그건 네가 할 수 있는 게 아니야. 그냥, 구급대원이 올 때까지 기다려.

　"그러다가 민수 죽습니다."

　-안 돼! 그래도 기다려!

　"도와주시면 되잖아요. 교수님이 가이드해 주시면 할 수 있을 것 같습니다."

　-그래도 안 돼! 게다가, 초음파도 없어서 블라인드로 천자를 해야 하는데, 그건 나도 쉽지 않아! 게다가, 장비도 없잖아?

"교수님, 장비 있습니다."

─장비가 있다고?

"네, 근처에 목장이 있는데, 낮에 목장 주인이 젖소한테 주사 놓는 걸 봤어요. 주사기가 있을 겁니다."

─최소 50cc 이상, 14게이지는 필요해!

"아마, 그 정도는 될 겁니다."

─…….

윤상현 교수가 잠시 침묵했다.

"시간 없습니다, 교수님! 핸드폰 열어 놓고 있을 테니, 가이드해 주십시오. 그대로 따라 하겠습니다."

─좋아, 죽이 되든, 밥이 되든 해 보자. 일단, 민수를 천장을 보도록 똑바로 뉘어.

"네."

─주사기 당장 가져와.

"택진아, 근처 목장 가서 주사기 좀 가져와!"

"너, 정말 하려고?"

"내가 안 하면? 네가 할래?"

"아, 아니야. 가져올게."

"택진아, 나도 같이 가."

정영은이 이택진을 따라나섰다.

잠시 후, 이택진과 정영은이 주사기를 가지고 왔다.

"교수님, 주사기 가져왔습니다."

―너, 정말 할 수 있겠니?

"선택의 여지가 없습니다."

―좋아, 이렇게 된 거 하는 데까지 해 봐야지. 그러면 소독약을 민수 가슴 주변에 비교적 넓게 도포해!

"택진아, 민수 가슴에 베타딘(소독약) 좀 발라 줘."

"응."

이택진이 민수 가슴에 소독약을 발랐다.

"교수님, 도포했습니다."

―이제부터가 중요한 프로세스야. 내 말 똑바로 들어. 단한 번의 실수도 해선 안 된다는 것 명심해라.

"네."

―내 말 들리면, 윤찬이하고 윤찬이를 도와줄 친구 한 명빼고는 다들 환자 주변에서 물러나라.

"네."

―윤찬아, 클레비클(쇄골) 알아?

"쇄골요."

―그래, 쇄골.

"찾았어요."

―그러면 클레비클(쇄골)에서 아래쪽으로 한 뼘 정도 아래.

"복장뼈 아래 똑 튀어나온 곳요?"

―어? 찾았다고?

"네, 다음은요?"

-그, 그래. 자이포이드 프로세스(검상돌기) 찾을 수 있겠어?

"네, 그다음은요."

-됐어. 이제는 바늘을 찔러 심막에 쌓인 플루이드(심막에 고인 유동체)를 빼내기만 하면 되는데, 너 진짜 조심해야 한다! 자칫 잘못하면 동맥을 건드릴 수 있어.

"네, 인터코스탈 아테리(늑간동맥)가 있죠. 걱정 마십시오."

-좋아, 거기 네가 만진 가슴에 톡 튀어나온 부분, 바로 아랫부분에 약 30도 각도로 바늘을 찔러 넣어. 뭔가 조금이라도 걸리는 부분이 생기면 바로 빼내야 해.

"네, 알겠습니다."

아무리 경험이 많은 의사라도 초음파 없이 블라인드 심낭천자를 하는 것은 절대 쉬운 일이 아니었다. 나는 눈을 감고 검상돌기 주변을 매만지며 감각에 의존해야 했다.

꿀꺽.

마른침을 삼키는 소리.

모두들 숨죽이며 내 손끝에 시선을 집중하고 있었다.

잡혔어!

잠시 후, 손끝의 감각으로 겨우 찾은 포인트. 이제는 과감히 바늘을 찔러 넣기만 하면 됐다.

푸슉.

미련 없이 바늘을 찔러 넣었다. 걸리적거리는 것 없이 바늘이 매끈하게 들어간 것 같았다.

인턴 캠프

성공이야!

"교수님, 됐습니다."

—저, 정말이야?

"네, 조금씩 심막에 고인 물이 나오는 것 같아요."

—하아, 지, 진짜, 성공한 거니? 흘러나오는 물 색깔이 어떤데?

"네, 약간 옅은 갈색의 액체입니다."

—맞아, 그렇다면 제대로 들어간 것 같구나.

"헐, 미쳤다!"

윤상현 교수의 목소리가 핸드폰을 타고 흘러나오자, 친구들이 탄성을 자아냈다.

─삼출액은 어느 정도 되니?

"네, 이제 거의 다 뺀 것 같아요."

─잘했다. 그렇다면, 거의 다 끝났어. 이젠, 식염수가 있으면 정맥 주사해서 심장 용적만 넓혀 주면 다 끝난다. 할 수 있겠지?

"그, 그건 내가 할게. 그 정도는 나도 할 수 있어."

그때서야 이택진이 나섰다.

"그래, 부탁해."

"고마워, 윤찬아!"

와락.

모든 것이 마무리된 상황, 정영은이 날 끌어안았다.

"고맙긴, 교수님이 다 하신 건데."

"그래도. 너 아니었으면 민수 잘못될 수도 있었잖아. 다 나 때문이야."

녀석이 울먹였다.

"아냐, 죄책감 느낄 것 없어. 그냥 사고일 뿐이야."

"아무튼, 고마워."

삐뽀삐뽀!

그 순간, 앰뷸런스가 요란한 소리를 내며 도착했다.

앰뷸런스에 실려 응급실로 옮긴 민수는 극적으로 살아났고, 그 덕(?)에 난, 윤상현 교수의 눈에 들었다.

그의 적극 추천으로 내가 근무하게 된 병원은 연희대학교 부속, 세바스찬병원. 국내 굴지의 종합병원이었다.

물론, 전생에서도 이곳, 세바스찬병원에서 인턴 생활을 하긴 했었다.

다만, 전생에선 교수님께 온갖 아양을 떨어야 했다면, 지금은 좀 더 당당할 수 있다는 차이가 있겠다.

💔

"야, 김윤찬."

이택진이 날 보더니 손을 흔들었다.

아, 이택진은 그냥 덤이다.

"어, 윤찬아, 저게 우리 차냐?"

"응, 이제 곧 출발할 거야. 가자."

145명의 햇병아리들. 20년쯤 지나면 대한민국의 의료계를 대표할 의사들이 될 것이지만, 지금은 그저 풋내기 인턴일 뿐이었다.

이들을 태울 전세 버스가 학교 정문에 줄지어 서 있다.

이제부턴 본격적인 인턴 생활의 시작이었다.

하나둘씩 인턴들이 버스 쪽으로 모여들었다.

연희대학 출신들과 타 대학 출신들은 서 있는 모습만 봐도 확연히 구분이 가능하다.

아는 얼굴이 보이면 달려가 반갑게 웃으며 노가리를 풀기도 하고, 간혹 레지던트 선배들이 찾아와 격려까지 해 준다.

반면에 나 같은 타 학교 출신 인턴들은 주눅이 들기 마련.

학교도 익숙하지 않은데 교수들, 선배들까지 어디 하나 아는 사람이 없다.

슬금슬금 눈치를 보는 인턴이 있다면 무조건 타 학교 출신이었다.

고등학교 수련회인가?

단체복으로 지급된 촌스러운 주황색 운동복. 나와 이택진은 각종 준비물이 들어 있는 검정색 비닐 봉투를 지급받았다.

"윤찬아, 우리 저기 앉자."

이택진이 주눅이 들었는지 쭈뼛거리며 맨 뒷좌석을 가리켰다.

"왜 그래야 하는데?"

"그냥 뭐, 중간에 앉으면 애들이 불편하지 않을까? 자기들끼리 얘기도 못 하고."

"뭐가 걱정이야. 걔네들 노가리 풀 때, 너도 끼면 되잖아."

"야, 그게 어디 쉽냐? 차라리 맨 뒤에 앉는 게 낫지."

"야, 이택진, 괜한 자격지심 갖지 마. 쟤네들이나 우리나 똑같이 국가고시 합격한 사람이야."

"아무리 그래도."

"같은 의사라고 했지? 난 뒷자리 싫다. 여기 앉을래."

털썩.

난, 버스 중간쯤에 몸을 내던졌다.

잠시 후, 버스가 출발하자 온갖 수다가 시작됐다.

의사 국시 무용담에서 시작해 시시콜콜한 학부 때 연애질에, 자기들 가르쳤던 교수 뒷담화까지 줄줄이 늘어놓기 시작했다.

내 자리를 기준으로 앞, 뒷좌석, 옆자리까지 죄다 연희대학교 출신 인턴들이었다.

중간에 우리가 끼어 있으니 불편하기 짝이 없었으리라.

그들이 이택진에게 눈치를 주기 시작했다.

"윤찬아, 그냥 우리 뒷자리로 옮기자, 어?"

레이저 같은 녀석들이 눈빛이 부담스러운 모양이었다.

"됐어. 그냥 있어."

난 일어서려는 이택진의 어깨를 눌러 앉혔다.

야, 자리 좀 바꿔 달라고 해 봐.

이번엔 맨 뒷자리에 앉아 있는 두 놈이 자리를 바꿔 달라는 수신호를 보내기 시작한다.

"저, 죄송한데, 우리 학교 출신이세요?"

사인을 받은 녀석이 고개를 끄덕이며 내 어깨를 건드렸다.

뻔히 알면서 출신 학교를 묻는다.

"아뇨. 왜요?"

"그게 아니라, 아, 아닙니다."

녀석들이 차마 자리를 바꿔 달라는 말은 하지 못하고 똥 씹은 표정만 지을 뿐이었다.

이 인간, 꼴통이야. 안 될 것 같아.

아마 이런 뜻이겠지? 녀석이 뒷좌석을 향해 엑스를 그어 보이며 입만 뻥긋거렸다.

"윤찬아, 졸라 신경 쓰여 죽겠다. 그냥 뒤로 가자, 응?"

"가만있어. 조금 있으면 애네, 생선 냄새 맡은 고양이들처럼 우리 주변에 몰려들 테니까."

"그게 무슨 소리야?"

"두고 보면 알아."

"그나저나, 너 야누스에 대해서 뭐 좀 아는 거 있어?"

앞좌석에 앉아 있던 두 녀석들이 소곤거리기 시작했다.

"야누스라면 한상훈 교수님?"

"그래, 이번 오리엔테이션 강사잖아. 선배 말을 들어 보니까 엄청 까칠하다고 하던데?"

"아니야, 엄청 사람 좋다고 하던데?"

이제 슬슬 시작이로군.

수업을 들었던 교수들이야 익숙하겠지만, 펠로우급이야 아는 게 얼마나 되겠나.

하지만 난 좀 다르지.

평생 함께한 동지이자 원수인 그를 모를 리 있겠는가?

한상훈이 똥 쌀 때 오줌부터 누는지 똥부터 싸고 오줌을 누는지까지 그에 관해선 속속들이 알고 있는 나였다.

"흉부외과 펠로우 2년 차, 한상훈. 혈액형은 AB형. 서울 출생. 강남 명문 휘훈고 출신에 연희대학교 의대 수석입학에 수석졸업. 김치찌개를 무척이나 좋아하지. 돼지고기 숭덩숭덩 썰어 넣은."

난, 일부러 목소리 톤을 높여 한상훈의 프로필을 읊었다. 물론 들으라고 하는 소리다.

"뭐야? 묻지도 않은 프로필을 왜 주절대는 거야?"

분명, 이택진의 말대로 쓸모없는 정보다.

하지만 모든 것이 새롭고 두려운 이들에겐 경우가 다르지.

어떡하든 작은 정보라도 잡고 싶은 심정일 테니까.

"그냥, 심심해서."

"싱거운 놈. 그나저나 너 언제 그런 정보를 들어서 줄줄 꿰고 있냐?"

"그냥, 미리 좀 알아봤어."

"그래? 새끼, 철저하네?"

"어떻게 한 교수님에 대해서 그렇게 잘 알아요?"

한 놈이 즉각적으로 반응한다. 이름은 김귀남.

난, 반드시 이 녀석과 친해질 필요가 있었다.

"그냥, 미리미리 공부 좀 해 뒀습니다."

"그래요? 다른 건요? 그 교수님한테 잘 보이려면 뭐 없을까요?"

"글쎄요."

어느새 주변 사람들이 귀를 쫑긋 세우며 내게 관심을 보이기 시작했다.

"빠릿빠릿하고 성실한 사람을 특히 좋아한다고 하더라고요."

"아, 정말요?"

"네."

"뭐, 다른 건요?"

유독 김귀남이 관심을 보였다.

"뭐가 있더라? 특별히 다른 건 별로 없고, 인사성 밝은 사람을 좋아한다고 하더라고요."

"아, 그렇구나. 만날 때마다 인사해야겠다!"

"야, 윤찬아, 그거 너무 당연한 얘기 아냐? 빠릿빠릿하고 부지런하고 성실한 사람 싫어하는 사람 있냐?"

이택진이 속닥거린다.

당연하지.

내가 굳이 한상훈이란 사람이 어떤 인간인지 이 녀석들에게 알려 줄 필요가 있나?

그 인간이 자기보다 뛰어난 능력을 가진 후배를 얼마나 싫어하는지, 그렇다고 우둔한 놈은 얼마나 혐오하는지, 겉으로는 허허거리면서 속엔 얼마나 날카로운 비수를 품고 있는지.

별명 그대로 야누스가 뭔지, 적당히 능력 있고 적당히 우직한 인간을 얼마나 야무지게 이용해 먹는지, 전부 알려 줘야 해?

"그러게? 듣고 보니 그러네?"

"그런데 쟤네 왜 저렇게 호들갑을 떨어?"

"거봐, 우리나 쟤네들이나 별반 차이 없어. 다 똑같이 출발선에 선 거야. 이제 달리기만 잘하면 돼."

"그러게. 내가 괜히 자격지심이 있었나 봐."

이택진, 지금부턴 쓸데없는 열등감 따위는 버려라.

"그러면요, 다른 교수님들은 어때요? 감염내과 홍 교수님이나 정형외과 윤 교수님은? 어때요?"

김귀남이 이제는 버스 의자에 팔을 걸쳐 놓고 완전히 돌아앉았다.

"글쎄요. 나름대로 조사해 둔 자료가 있는데, 궁금하면 나중에 제 숙소로 오세요. 그럼 말씀해 드릴게요."

"정말입니까?"

"네."

"이름이 뭐죠?"

"여기요."

난 가슴에 달린 명찰을 가리켰다.

"오, 저랑 같은 김씨네요! 전 김귀남이라고 합니다. 우리 앞으로 친하게 지내요."

녀석도 가슴팍에 박힌 명찰을 가리키며 악수를 청한다.

내가 널 모를 리가 없지.

"아, 네. 그래요, 친하게 지내요."

이 정도면 김귀남의 호감을 사는 데는 대충 성공한 건가?

그렇게 3시간 반을 달려 도착한 강원도의 한 수련원.

이제부터 4박 5일간의 빡센 일정이 시작되었다.

4인 1실로 구성된 방. 나와 이택진, 김귀남 그리고 허영기가 같은 조였다.

"이걸 진짜 입으라고 준 거야?"

허영기가 주황색 체육복으로 갈아입으며 투덜거렸다.

"윤찬 씨, 진짜 촌스럽네요?"

김귀남이 체육복을 들춰 보며 환하게 웃었다.

"그러게요. 몇 년째 바뀌질 않네요?"

"그런 것도 다 조사한 거예요?"

"아, 네. 아무래도 이 학교 출신이 아니다 보니까, 이것저것 알아보게 되더라고요."

"그렇구나. 앞으로 궁금한 거 있으면 저한테 말씀하세요. 제가 아는 범위 내에선 알려 드릴게요."

있는 집 자식이라 그런지 싹싹한 성격에 구김살 없이 해맑은 녀석이었다.

"네, 고맙습니다."

그렇게 대충 정리를 마치고 우린 5층, 강당으로 올라갔다.

"후우, 이건 뭐, 고3 때도 이렇게는 안 살았다."

"뭐야, 어이없게? 쉬는 시간이 아예 없어?"

각자 나눠 준 4박 5일간의 일정표를 손에 든, 인턴들의 표정이 가관이었다.

오전 8시부터 오후 11시까지 1시간 단위로 빡빡한 일정표였다. 식사 시간을 제외하곤 화장실 갈 틈도 없었다.

"윤찬아, 이건 좀 심한 거 아니냐? 지옥 훈련도 아니고, 이게 인간의 시간표냐?"

이택진이 양 입술을 쭉 내밀었다.

"그러게. 생각보다 빡시네?"

"생각보다? 그 정도가 아니야. 이건 완전 뒈지라는 거지."

이택진이 투덜거렸다.

그렇게 어영부영 시간이 흘러 밤 11시. 4박 5일간의 수련 기간 중, 가장 중요한 시간이 다가왔다.

연간 인턴 스케줄을 추첨하는 시간이었다.

커다란 테이블 위에 불투명한 박스가 놓여 있었고 그 안에는 145개의 각양각색의 공들이 들어 있었다.

같은 인턴이라도 운에 따라 쉬운 과만 도느냐 상대적으로 힘든 과 위주로 도느냐가 결정되기기도 하고, 레지던트 시험 바로 전 일정이 빡시냐 널널하냐에 따라 운명이 결정되는 복불복 게임이었다.

"하나님 아버지, 자비로운 부처님이시여! 은혜로운 알라신께서 나를 보우하사!"

인턴들이 각자의 방식으로 기도하기 시작했다.

잡았던 일정표가 뭐더라?

이날, 난 한 끗 차이로 역대 최악의 스케줄 표를 집어 들게 된다.

"와! 성공이다!"

"하아! 개망했다!"

희비가 교차되는 순간이었다.

"시팔, 이게 뭐냐? 아주 죽어라, 죽어라 하는구나. 이보다 더 나쁠 순 없다!"

"야호! 죄다 편한 과야. 외과가 한 개밖에 없다니, 이런 기적이!"

운 좋게 널널한 스케줄 표를 집어 든 인턴들은 만세를 외쳤고, 상대적으로 빡센 일정표를 집어 든 인턴들을 자신의 똥손을 원망할 뿐이었다.

공 하나에 1년이 결정되는 아찔한 순간이었다.

"윤찬아, 이 정도면 괜찮은 건가?"

이택진이 집어 든 일정표는 나쁘지도 좋지도 않은 평범한 일정표였다. 그래도 이만하면 선방했다 볼 수 있을 만큼 무난했다.

"아무래도 외과 일정이 많아 빡세긴 하겠지만 대신 정선 파견은 없잖아. 게다가 연말에 내과 도니까, 시험 준비할 시간도 넉넉하고. 나쁘진 않네."

"그렇지? 이 정도면 선방한 거지? 내가 원래 똥손인데 웬일이래?"

"오늘부터 금손 해라."

"윤찬이 너도 잘 뽑아라."

"그래, 고맙다."

"야, 내 손 한번 만지고 뽑을래? 오늘 내가 운빨 좀 받는 것 같은데."

"그럴까?"

난 이택진이 내민 손을 잡았다 놓았다.

총 145개의 공 중 143개가 사라지고 이제 남은 건 단 두 개.

나와 김귀남의 것만 남았다.

"윤찬 씨, 파이팅!"

김귀남이 나를 향해 두 주먹을 불끈 쥐어 보였다.

"네, 파이팅!"

난, 주먹을 불끈 쥐며 김귀남에게 화답했다.

아마도 지독하게 꼬인 일정표였지.

난, 잠시 눈을 감고 지난날을 회상했다.

응급실에, 그 악명 높은 흉부외과, 거기에 시험 직전엔 정선분원 파견까지.

최악 오브 더 최악의 스케줄이었다.

반면에 김귀남은 이보다 더 좋을 수 없는 스케줄을 가질 수 있었다. 한 끗 차이로 말이다.

후우.

난, 천천히 다가가 심호흡을 한 후 박스 안에 손을 집어넣었다.

손끝에 닿은 공.

"……."

난 힘껏 공을 움켜쥐었다가 이내 쥐었던 손을 풀고는 옆에 있던 다른 공을 집어 들었다.

잠시 후, 스케줄 표를 받아 든 김귀남의 표정이 거의 울상이다.

건드리기만 해도 금세라도 터져 나올 것같이 두 눈에 눈물이 가득 고여 있었다.

"스케줄 표가 안 좋은가 봐요?"

"네, 완전 엉망이에요. 이 일을 어쩌죠?"

김귀남이 나에게 자신의 스케줄 표를 내보였다.

그 옛날 내가 뽑았던 스케줄 표가 맞았다.

"험난한 여정이네요."

"네. 윤찬 씨는 잘 뽑았나요?"

"나쁘진 않은 것 같은데, 보실래요?"

"네, 보여 주세요!"

"와, 대박! 환상적인 스케줄이네요?"

부러운지 김귀남의 눈동자가 부풀어 올랐다.

당연히 부럽겠지.

대체로 무난한 과 위주의 편성.

레지던트 시험 직전인 10월~11월엔 비수기 중에 비수기
인 안과 배정.

정선분원에 비해 상대적으로 손쉬운 목포분원 파견까지.

이보다 더 좋은 스케줄이 있을까 싶은 환상의 일정표였다.

"네, 그런 것 같네요."

"진짜 부럽네요. 윤찬 씬 완전 꽃길만 걷겠어요."

김귀남이 일정표에서 시선을 거두지 못했다.

"좋아 봤자, 얼마나 좋겠어요. 비슷비슷할 거예요."

"아니, 아무리 그래도요. 정선은 탄광촌이라면서요?"

"아마도요."

"후우, 한 번도 안 가 봤는데, 어떻게 두 달을 거기서 보
내죠?"

"거기도 사람 사는 곳이에요. 너무 걱정 마세요."

"그건 그렇겠죠. 하지만 선배들 말을 들어 보니까, 정선 파견만 없는 일정표 뽑아도 성공이라는데, 전 10월, 11월 두 달이나 있어요. 이게 무슨 재수래요?"

이제 곧 울겠네.

"저랑 스케줄 표 바꾸실래요?"

"저, 정말요?"

김귀남이 반사적으로 반응했다.

"네, 정선분원에서 근무하는 것도 재밌을 것 같아서요."

"진짜요? 바꿔 주실 건가요?"

"네, 저랑 바꿔요. 상관없으니까."

"정말, 그래도 되나요?"

"물론이에요. 전 어차피 흉부외과 지원할 거니까 외과 실습이 많으면 많을수록 좋죠. 좀 있다 스케줄 교환 시간 있으니까, 그때 바꾸죠."

"그래요? 그러면 염치 불고하고 그럴까요?"

"네, 그래요."

"진짜 감사해요. 이 은혜를 어떻게 갚죠?"

"은혜는요, 무슨? 괜찮아요. 나중에 서울 올라가면 밥이나 사세요."

"그건 당연한 거고, 그거 말고 뭐가 좋을까? 맞다! 윤찬 씨, 이리 가까이 와 봐요."

김귀남이 내 팔을 잡아끌었다.

"네? 무슨 할 얘기라도?"

"네. 윤찬 씨, 우리 집에 초대해도 돼요?"

"귀남 씨 집에요?"

"네, 울 엄마가 엄청 좋아하실 것 같아요."

"그래도 돼요?"

"당연하죠. 다음 달이 제 생일인데 초대할게요."

검찰총장 출신의 할아버지, 국립 대한병원 원장인 작은할아버지, 게다가 아버지는 고검장 출신에 대형 로펌 대표 변호사.

온 가족이 법조계, 의학계 유력 인사들로 구성된 엄청난 집안이었다.

"초대해 주시면 갈게요."

"정말요?"

"네."

"그나저나 언제까지 이렇게 존대만 할 거예요?"

"네?"

"우리 동갑인데, 우리 이제부터 말 놓자, 윤찬아."

김귀남이 갑자기 혹 들어왔다.

"어? 그럴까?"

"그래, 우리 앞으로 친하게 지내자."

"그래."

"그럼 이만 우리 방으로 가자."

김귀남이 불쑥 내 어깨에 자신의 팔을 걸쳤다.

이건 좀 오버 같은데?

20년간 세바스찬병원에서 근무하면서도 단, 한 번도 주류에 편입되지 못했던 나.

술자리는 고사하고 말 한마디 제대로 섞어 보지 못할 만큼 넘사벽이었던 김귀남.

난, 달랑 스케줄 표 한 장으로 그를 절친으로 만들어 버렸다.

드디어 시작된 4박 5일간의 실습. 이른 새벽 기상나팔 소리와 함께 하루 일과가 시작되었다.

오늘부터 진행되는 과정은 각종 기초적인 수기를 테스트하는 것이었다.

"윤찬아, 따끔할 거야."

나와 짝을 이룬 이택진이 팔뚝을 툭툭 치며 주삿바늘을 꽂았다.

"오, 이제 잘하네?"

이택진이 능숙한 솜씨를 자랑하며 주사기를 잡아당기자 붉고 신선한 피가 빨려 올라왔다.

이렇게 몇 가지 오전 실습이 마무리되고 오후 실습이 시작되었다.

오후 실습은 엘-튜브 실습.

마침내 한상훈이 사람 좋은 미소와 함께 천천히 실습장 안으로 들어왔다.

나와 한상훈, 우리 두 사람의 악연의 고리가 시작된 지점이었다.

"안녕하세요, 한상훈입니다."

후덕한 외모에 사람 좋은 미소까지 흘리니 딱, 친근한 큰형님 느낌이다.

난 눈을 감고 지난날을 회상했다.

2020년 겨울.

"이야, 이백진 심장클리닉이라? 멋진데?"

멋지다고는 했지만, 사방에 각종 예방접종 광고지가 붙어 있어 살짝 난잡해 보이기까지 했다.

게다가 지저분하게 널브러져 있는 데스크까지.

"멋지긴? 온갖 빚 다 내서 차린 빚 좋은 개살구지. 그나저나, 우리 고매하신 김 교수님이 이 돌팔이를 무슨 이유로 찾아오셨을까?"

"제수씨랑 연수는 잘 있지?"

"당연하지. 애비 잘 둔 덕에 호의호식하고 있지."

난 소파에 털썩 엉덩이를 붙였다.

"여전하네. 그나저나 오랜만에 부랄 친구가 왔는데, 쓰디 쓴 다방 커피 한 잔 안 내놓는 건, 무슨 경우냐?"

"커피는 무슨? 오늘 진료 다 끝났으니까, 나가서 찐하게 한잔해야지."

"차 가지고 왔다."

"너같이 굴면 대리하는 친구들 다 굶어 죽는다. 맞다. 그 냥 집으로 가자. 간만에 우리 마누라도 보고 우리 애들 용돈 좀 투척하고 말이야."

"아니, 오늘 정선 내려가야 해서."

"뭐? 그게 무슨 개떡 같은 소리야? 네가 왜 분원에 내려 가?"

"그렇게 됐어."

"아니, 한상훈 원장 바짓단이라도 붙들고 버텨야지. 거기 가 어떤 곳인지 알아? 가면 다시 못 온다고 해서 별명이 황 천길이라는 걸 몰라서 하는 소리야?"

"알아."

"알아? 아는 놈이 그런데도 그 불구덩이로 들어가겠다 고?"

"한 원장이 3년만 쉬다 오면 다시 부르겠다고 하더라."

"미친! 개가 똥이 싫다는 말을 믿어라. 그 새빨간 거짓말 을 믿니?"

"거기도 사람 사는 곳이야. 환자가 있으면 의사가 가는 건 당연한 거지."

"와나, 돌겠네. 한상훈 그 인간, 너한테 이러면 안 되는 거 아니냐? 어떻게 과장 자리 세 번을 물 먹이고 정선으로 쫓아내? 네가 그 인간한테 어떻게 했는데? 토사구팽도 이런 토사구팽은 없을 거다."

이택진이 주전자째로 물을 마셨다.

"그러게. 이젠 정치질도 넌더리가 난다."

"아니, 아무리 그래도 우리보다 세 기수나 아래인 조필희를 과장에 앉혀 놓은 것도 모자라서 이젠 정선? 이게 말이냐, 방구냐!"

"됐다. 어딜 가든 칼잡이가 칼만 잘 쓰면 됐지……."

"억울하잖아! 너! 너무 억울하잖아!"

이택진이 울먹이며 고래고래 소릴 질렀다.

"야, 누가 너더러 가라냐? 황천길이든 뭐든, 가는 건 난데, 왜 네가 난리야?"

"끄윽!"

이택진이 이내 울분을 참지 못하고 굵은 눈물을 뚝뚝 흘렸다.

"유난 떨 거 없다."

"인마, 그 개 같은 일도 다 견뎌 냈는데, 이깟 것도 못 버텨? 천하의 김윤찬이?"

"내가 무슨 용가리 통뼈냐?"

"어떻게든 더 버텨야 할 것 아냐? 한상훈 원장 똥구멍을 핥는 한이 있더라도 어떻게든 과장 달고, 심장센터장, 달고! 바득바득 기어 올라가 원장 달아야 하잖아! 너니까! 너는 진짜 최고의 칼잡이니까!"

"너라도 알아주니 고맙다."

"넌 우리의 유일한 희망이었잖아!"

타 학교 출신 중에 정교수에 임명된 사람은 그나마 나 하나뿐이었을 만큼 세바스찬병원은 텃세가 심했다.

"넌, 사람을 잡았어야 했어. 김귀남 과장 같은. 그게 실수야. 인턴 캠프 때, 그때 친해 됐어야 했는데."

"다 지난 일이야."

한상훈! 이번 생엔 반드시 내가 널 밟아 버린다!

한상훈이 가르칠 수기는 엘-튜브 삽입이었다. 일명 콧줄이라고 부르는 관을 한쪽 코에 넣는 것으로, 코를 거쳐 식도, 위까지 집어넣는 수기였다.

"실습 자원할 분, 계십니까?"

한상훈이 부드러운 미소와 함께 인턴들에게 물었다.

"……."

당연히 자원할 인턴은 없었다. 학부 때, 실습을 해 본 사람이면 누구나 저 콧줄의 공포를 모를 리가 없었다.

콧줄이 코를 통해 식도로 넘어갈 때는 정말 곤혹스럽다. 자지러질 듯 터져 나오는 기침과 구역질을 어찌 잊을 수 있겠는가?

"아무도 없나요? 그러면 어쩔 수 없이 지목을 해야……."

한상훈이 주변을 둘러보더니 고개를 갸웃거렸다.

"교수님, 저희가 해 보겠습니다."

난 옆에 있던 이택진의 손을 들어 올렸다.

"야, 김윤찬! 이게 무슨 만행이야? 내가 언제?"

화들짝 놀란 이택진이 황당한 표정을 지었다.

"걱정 마, 안 아프게 찔러 줄 테니까."

"뭐라고? 게다가 내 콧구멍에 넣겠다고?"

"당연한 거 아냐? 네가 하지 그럼 누가 해?"

"오! 저기 용감한 전사가 있었군요. 좋아요. 두 사람, 앞으로 나오세요."

저 돼지의 탈을 쓴 여우 같은 인간. 한상훈이 인자한 미소를 띠며 인턴들의 박수를 유도했다.

"자, 격려의 박수!"

짝짝짝!

"김윤찬! 파이팅!"

김귀남이 양 주먹을 불끈 쥐어 보였다.

"누가 환자 역할을 할 겁니까?"

"네, 이택진 선생이 할 겁니다."

"아 놔, 미치겠네."

이택진이 머리를 떨구며 입술을 잘근거렸다.

"좋아요. 그럼 시작해 보세요. 하는 방법은 잘 아시죠?"

"네."

내가 콧줄을 잡자 이를 지켜보기 위해 실습생들이 앞쪽으로 자리를 옮겨 앉았다.

"아! 아! 아, 아파!"

콧구멍을 통과한 관이 식도로 내려갈 즈음, 이택진이 얕은 비명을 토해 내기 시작했다.

"괜찮아. 좀만 참아."

"아, 알았어. 안 아프게, 제발!"

이택진이 바지를 야무지게 움켜쥐며 목까지 시뻘게진 겁먹은 표정으로 고개를 끄덕거렸다.

하지만 불안한 예감은 틀린 적이 없다고 했던가.

우웩!

관이 들어가면 들어갈수록 심해지는 헛구역질. 이제 눈까지 빨개진 이택진의 눈가에 눈물이 가득 고여 있었다.

이쯤이면 적당한 타이밍이겠지?

난, 실습을 지켜보고 있던 한상훈에게 신호를 보냈다.

우리를 도와주려는 듯 한상훈이 천천히 다가왔다.

"아이고, 최루탄이 터졌나요? 눈물, 콧물 범벅이네요. 그렇게 하면 줄이 잘 안 들어가……."

"택진아, 입 좀 벌려 봐."

내가 0.5초 먼저 선수를 친다.

"입 벌리라고? 아!"

이택진이 뭉개져 알아먹지 못할 발음으로 대답을 했다.

똬리를 튼 뱀처럼 입안에 잔뜩 꼬여 있는 콧줄.

관이 뭉쳐 식도로 내려갈 수 없는데, 계속해서 밀어 넣기만 하니 환자 역할을 한 이택진은 극도의 고통을 느낄 수밖에 없었다.

입을 벌려 보라고 하는 이유는 그걸 확인하려는 것이었다.

힐끗 보니 한상훈의 한쪽 입꼬리가 살짝 말려 올라간다. 제법이란 표정이었다.

"김윤찬 선생, 입을 벌려 보라고 한 이유는요?"

한상훈이 여전히 온화한 톤을 유지한다.

"아, 네. 입안에 관이 꼬여 있는지 확인하게 위해서입니다."

"네, 정확히 맞혔네요. 여러분들도 잘 봐 두세요. 지금 누워 있는 실습생이 환자라고 생각해 보세요. 얼마나 고통스럽겠습니까? 안 그래요?"

"네, 맞습니다!"

"그래요. 엘-튜브 삽입할 때, 지금처럼 환자의 입에서 최루탄이 터지면, 김윤찬 선생처럼 목 안을 확인해 보세요. 구렁이 한 마리가 목구멍에 똬리를 트고 앉아 여러분들을 노려 보고 있을 테니까요."

하하하.

이곳저곳에서 폭소를 터뜨렸다.

이렇게 한상훈은 사람들의 긴장을 풀게 하는 유머 감각이 있는 사람이었다. 이게 그의 최대 강점이다.

"수고했어요, 김윤찬 선생!"

"네, 감사합니다."

관이 꼬여 있는지 확인하기 위해 입을 벌려 보라고 말하는 것, 얼핏 보면 별거 아닌 것 같지만 경험이 없으면 결코 나올 수 없는 노하우였다.

따라서 인턴의 능력을 가늠해 보기엔 충분한 지표가 될 수 있었다.

"……."

말없이 나를 보며 미소 짓는 한상훈. 마치 애타게 찾던 장난감을 발견한 아이의 눈빛이랄까?

아무튼, 묘한 눈빛이었다.

스스로 자원할 만큼, 적당한 자신감을 가진 인간. 거기서 사냥개의 필수 요소인 적당한 투쟁심을 보았을 것이고, 나의 출신 성분에서 결코 주인을 물지 않을 노예근성을 캐치했을 것이며, 게다가 여기 앉아 있는 실습생들에 비해 딱 5% 정도 뛰어난 모습에서 최소한 둔하지는 않을 거라 판단했을 것이다.

과하지도 않고, 모자라지도 않는 딱, 자기가 원하는 사냥
개가 바로 나라고 생각했을 테니까.

싫든 좋든 한상훈 라인이라면 잡아야 한다.

하지만 예전과는 상황이 다르다.

그때는 어쩔 수 없이 끌려 들어갔다면 이제부터는 내 스스
로 결정한 거니까.

그날 밤, 예상대로 한상훈이 나를 찾아왔다.

"김윤찬 선생, 지금 시간 여유 좀 되나요?"

"네?"

"시간 괜찮으면 저랑 커피 할래요?"

"아, 네. 잠시만 기다리세요."

"네, 그래요."

"뭐야? 김윤찬, 너 무슨 사고 쳤냐? 한상훈 교수가 왜 널
불러?"

이택진이 궁금한 듯 물었다.

"글쎄다. 나도 모르겠는데?"

"그래? 궁금하니까 다녀와서 경과 보고해. 알았지?"

"그래, 그러마."

"물이 좋아서 그런가 여기 수련원 커피가 유난히 맛이 좋아요. 다른 자판기 커피와는 달라. 자, 마셔요."

그가 자판기 커피 두 잔을 들고 자리에 앉았다.

"네, 그나저나 말 놓으셔도 됩니다."

"부담스러운가요?"

여전히 웃음기를 지우지 않는 한상훈이었다.

"아뇨, 그런 건 아닌데……."

"차차요. 우리 좀 친해지면 그렇게 합시다. 그나저나 오리엔테이션은 할 만한가요?"

한상훈이 커피를 한 모금 베어 물며 물었다.

"네, 특별히 힘든 건 없어요."

"다행이네요. 일정표 복은 좀 있었습니까? 일정표만 잘 뽑아도 절반은 성공한 건데."

"아뇨, 엉망이네요. 제가 손재수가 별로 없나 봐요."

난 한상훈에게 내 스케줄 표를 내보였다.

"웁스! 정선 파견이 두 달이나?"

자기 일인 듯, 한상훈이 안타까운 표정을 지었다.

"네, 어쩌다 보니 그렇게 됐네요."

"힘내요. 힘든 만큼 보람도 있을 테니까."

"네, 교수님."

"인턴 때 이렇게 빡세게 돌아야 레지던트 때 편한 법이에요. 너무 속상해하지 말아요."

"네, 피할 수 없으면 즐기라고 했듯이 주어진 환경에 최선을 다해야죠, 뭐."

"그래요! 좋은 마인드를 가졌네요. 맞아요, 매도 먼저 맞는 게 낫다고, 인턴 때 고생한 대가는 나중에 충분히 보상받을 거예요."

"감사합니다. 그나저나, 저를 보자고 하신 이유가?"

"아, 네. 다름이 아니라, 인턴 기록부를 보니까 학교 때 공부를 제법 잘했던데요?"

이미 내 학부 성적까지 확인했던 모양이었다.

낙점된 건가?

"아, 네. 그냥 열심히 했습니다."

"에이, 그냥 열심히 한 게 아닌데요? 좀 전에 실습 때 보니까 기본기가 아주 충실하던데."

"과찬이십니다."

"하하, 전 낯간질거려서 괜한 입에 발린 소리 못 합니다. 김윤찬 선생은 칼잡이로서 재능이 엿보였어요."

"아, 네. 감사합니다."

"그래요. 단도직입적으로 말씀드릴게요. 흉부외과에 들어오지 않을래요? 김윤찬 선생은 최고의 써전이 될 충분한 자질을 갖추고 있어요."

"……."

"왜요? 내키지 않나요?"

"아, 아뇨. 그런 게 아니라, 너무 갑작스러워서."

"아, 그렇군요. 내가 너무 성급했나 봐요. 워낙, 김윤찬 선생이 탐이 나서 오버했네요. 그러면 좀 더 시간을 드릴 테니……."

"아뇨, 그렇게 하겠습니다. 저도 흉부외과를 마음에 두고 있었습니다."

난 어차피 때려죽여도, 인기과에 아무리 지원을 해도 무조건 떨어지게 되어 있다.

결국, 떠밀려 흉부외과에 지원하느니 차라리 자원하는 게 모양새가 좋으리라.

"그래요? 정말 잘 생각하셨어요."

"네, 앞으로 잘 부탁드립니다."

"그래요. 우리 잘해 봐요."

한상훈은 뜻밖에 횡재를 했다 생각한 듯, 얼굴에 웃음꽃이 활짝 피었다.

♥

이렇게 4박 5일간의 짧았던 연수를 마치고 인턴들은 서울로 돌아오는 버스에 몸을 실었다.

"휴우, 영기야, 이제 다 끝난 건가?"

두 사람도 4박 5일 만에 서로 말을 놓을 만큼 친해진 모양이다.

"맞아, 지옥에서 살아 돌아온 기분이야. 앞으로 더 큰 지옥이 아가리를 벌리고 있겠지만."

허영기가 손거울을 보며 머리를 매만졌다.

"그렇지? 우리는 그나마 나은데, 정선에 파견 나간 애들은 바로 투입된다더라?"

"어, 나도 들었어. 진짜, 지옥에서 나오니 더 큰 불구덩이가 기다리고 있네? 나 같으면 자살한다, 자살해."

"그러게 말이야. 그나저나, 서울 가면 뭐 할 거야?"

"일단 샵부터 가려고. 4일 동안 관리를 안 했더니 피부가 푸석푸석해졌네? 너도 같이 갈래? 지금 보니, 네 모공 속에 빠져 죽겠는걸."

허영기가 눈매를 좁히며 이택진을 관찰했다.

"아니, 아니, 그냥 빠져 죽을래."

"택진아, 그동안 수고했어."

이택진 옆에 다소곳이 앉은 김귀남이 해맑게 웃었다.

"응, 근데 나 궁금한 게 하나 있는데, 왜 이름이 귀남이야?"

"그러게. 좀 촌스럽지?"

"아니, 그런 건 아닌데, 곱상한 네 외모랑 매치가 잘 안 돼서."

1남 4녀 이것만으로도 이유는 충분했다.

"우리 집안에 누나만 넷이야. 이 정도면 대충 알겠지?"

"아."

더 이상 물어볼 이유가 없는 대답이었다.

그렇게 몇 마디 시시껄렁한 대화들을 나누다 이내 곯아떨어져 버린 인턴들.

어느새, 버스가 병원 정문 앞에 정차했다.

"이제, 다 왔나?"

이택진이 기지개를 켜며 자리에서 일어났다.

"김윤찬, 무슨 생각을 그렇게 골똘히 해?"

"아, 아무것도 아냐. 왜?"

"너, 내일 휴일이지?"

"어."

"그럼 우리 만날까? 나도 휴일인데."

"미안한데, 내일은 좀 곤란해. 일이 있어서."

"그래? 그럼 오늘은?"

"미안, 오늘도 좀 그런데."

"그래, 그럼 할 수 없지."

김귀남이 섭섭한 듯 입을 쭉 내밀었다.

"넌 뭐 할 건데?"

"뭐, 집으로 바로 가야지. 뜨거운 물에 몸 좀 담그고 싶어. 4일 동안 욕조에 못 들어갔더니 몸이 찌뿌드드해."

"그래, 푹 쉬어."

"응."

난 김귀남과 헤어진 후, 곧바로 고함 교수 연구실로 향했다.

💜

고함 교수, 연구실.

흉부외과 고함 교수.

김윤찬이 기억하는 고함 교수는 이름 그대로 파이팅 넘치는 사람이었다.

성질 급하고 다혈질적이며 쌍욕을 입에 달고 사는 양반이었지만, 실력 하나만큼은 타의 추종을 불허했고, 오직 사람 살리는 일 말고는 관심이 없는 노빠꾸 상남자였다.

원내 정치에는 단 1만큼도 관심이 없는 사람이었기에 실력에 비해 저평가된 인물이었다.

"네가 김윤찬이냐?"

보자마자 반말이었다.

"네, 맞습니다."

"우리 병원 인턴 나부랭이라고?"

"네, 이제 막, 오리엔테이션을 마치고 돌아왔습니다."

"너, 나 알아?"

"네, 잘 알고 있습니다. 흉부외과 최고의 써전이신 고함 교수님을 모를 리가요."

"최고의 써전은 개뿔! 입에 발린 소린 집어치우고, 내가 너한테 물어보고 싶은 게 있어서 불렀다. 앉아."

"네, 말씀하시죠."

"윤상현 교수한테 듣자 하니 네가 사람 하나 살렸다면서?"

"네, 그런 것 같습니다."

"그런 것 같은 건 뭐야? 맞으면 맞고 아니면 아닌 거지. 맞아, 안 맞아?"

"정확히 말씀드리면 윤상현 교수의 가이드에 따랐을 뿐입니다."

"엎어 치나 메치나 사람 살린 건 맞잖아?"

"좋게 봐 주셔서 감사합니다."

"감사할 것까진 없어, 칭찬은 거기까지니까."

"네?"

"단도직입적으로 묻겠다. 네가 심낭천자 했어? 그것도 어이없게 블라인드로?"

"당시, 환자는 심각한 심음 감소에 저혈압, 게다가 경정맥 팽대까지 벡스 트라이어드(심낭압전의 세 가지 징후)……."

"아아, 됐어. 지금 번데기 앞에서 주름잡나? 어설픈 이론 따위는 집어치우고 내가 묻는 말에 답이나 해. 했어, 안 했어?"

"네, 제가 했습니다."

"이 새끼가 이거 사람 잡을 놈이네. 그러다가 인터코스탈 아떼리(늑간동맥) 날려 먹으면 어쩌려고? 겁대가리 없이."

"늑간동맥 날려 먹으나 저혈압 쇼크로 죽나 마찬가지였습니다. 환자는 심각한 타키카디아(발작성 빈맥)를 보였고, 천자를 하지 않으면 5분 안에 사망할 수밖에 없는 상황이었습니다. 선택의 여지가 없었습니다."

"어이없군. 너 같은 돌팔이가 사람 잡는 거야. 환자를 두고 도박을 거는 놈이잖아, 넌!"

"도박도 도박 나름입니다. 확률이 없었지 확신이 없었던 건 아닙니다. 절차를 무시한 부분은 제 불찰이라고 생각합니다. 다만, 죽어 가는 환자를 두고 나 몰라라 할 순 없었습니다."

"그래서 천자를 하셨다?"

"네, 배운 대로 했을 뿐입니다. 잘못된 부분이라도 있습니까? 그렇다면 제가 책임을 지겠습니다."

"시끄러. 네 따위가 무슨 책임을 운운해. 아무튼 지난 일은 봉사 문고리 잡는 식으로 어찌어찌 된 듯싶은데, 한 번만 더 그러면 그때는 옷 벗는 줄 알아! 인턴 나부랭이가 건방지게 나서긴, 어딜 나서?"

두 번이 없는 사람이 두 번의 기회를 준다? 내가 나름 싫지는 않은가 보군.

"네, 명심하도록 하겠습니다."

"그러든지 말든지. 그건 그렇고 너, 인턴이라고 했지?"

"네."

"그러면, 우리 과는 언제 도나?"

"네, 내일모레부터입니다."

"그래? 그거 잘됐군. 앞으로는 인턴답게 까대지 말고 얌전하게 굴어. 안 그러면 아주 입에서 단내 폴폴 나게 해 줄 테니까."

처음 보는 사람 앞에서도 거리낌 없이 독설을 퍼붓는 사람이었다. 고함이란 사람은.

"네, 열심히 하겠습니다."

"……."

빙그르.

의자를 돌려 뒤를 내보이는 고함 교수. 손을 내저으며 나가라는 시늉을 했다.

"네, 전 이만 나가 보겠습니다."

잠시 후, 고함 교수가 윤상현 교수에게 전화를 걸었다.

"윤 교수, 나야."

－어, 그래. 만나 본 거야?

"그래."

ㅡ좀 어때?

"기대 이상인데?"

ㅡ거봐, 당찬 놈이지?

"그러게 말이다. 근데 그 녀석이 진짜 블라인드로 천자를 했다고?"

ㅡ그래, 내가 가이드를 하긴 했는데, 그렇다고 그게 경험이 없으면 쉬운 게 아니잖아?

"그렇지."

ㅡ근데, 깔끔하게 해 놨더라고. 게다가 환자의 심장 상태까지 정확히 파악하고 있었다니까?

"그러게. 한 백만 년 만에 물건 하나 들어왔나 보네. 솔직히 내가 미쳐 날뛰는 심장을 주체할 수가 없더라고, 숨기느라 혼났어."

ㅡ그럴 거야. 나도 그랬으니까.

"게다가 대가리 빳빳이 처들고 따박따박 반박하는데, 토씨 하나 안 틀리고 죄다 맞는 말이더라고. 할 말이 없어 혼났어. 뭐, 이런 괴물 같은 새끼를 데리고 있었어?"

ㅡ하하하, 딱 네 과야. 잘 키워 봐.

"안 그래도 좀 더 굴려 볼 생각이야. 난, 똥인지 된장인지는 찍어 먹어 봐야 직성이 풀리는 인간이니까."

'건방진 놈! 은근히 톡 쏘는 게 매력 있네?'

전화를 끊은 고함 교수의 입가에 야릇한 미소가 걸렸다.

♥

본격적인 인턴 생활이 시작되었다.

모든 행정적인 조치가 마무리되고 인턴들은 배정된 스케줄에 맞춰 업무를 시작했다.

난 CS(흉부외과), 이택진은 OS(정형외과) 그리고 김귀남은 인펙션(Infection, 감염내과)을 시작으로 인턴이라는 말처럼, 배정된 과를 돌며 뺑이를 치고 있었다.

대한민국 종합병원의 인턴은 군대로 치면 신병 훈련소를 퇴소한 이등병의 신세와 같다.

눈이 있으되 봐서는 안 되며, 귀가 있어도 들어서는 안 된다. 입이 있다고 해서 함부로 말해서도 안 된다.

물론 섣불리 나서서도 안 되며, 뭔가를 하려 해도 안 된다.

그저, 온, 오프밖에 없는 인형처럼 스위치가 들어오면 가고 꺼지면 멈춰야 하는 게 대한민국 인턴의 숙명이었다.

"시팔, 나더러 어쩌라는 거야?"

이택진이 자판기 앞에 쪼그리고 앉아 커피 물 떨어지는 걸 지켜보며 투덜거리고 있었다.

"잘 마실게."

"뭐야, 인마! 네 돈 내고 처마시든가 해. 돈 없으면 집에서 봉지 커피 싸 오든가."

"너무 매정한 거 아냐?"

"매정하긴! 인턴 월급이 얼마나 된다고."

"다시 뱉어?"

"됐어, 인마!"

"고맙다. 잘 마실게."

"처마셔라, 처마셔."

이택진이 주머니를 짤랑거리며 동전을 꺼냈다.

"그나저나 좀 전에 보니까 뭐라고 구시렁거리던데, 뭐라는 거야?"

"아, 그게. 열라 짜증 나서 이 짓도 못 해 먹겠다."

이택진 오만상을 찌푸렸다.

"왜? 무슨 일이 있었는데?"

"아니, 왜들 지랄이야? 주사기 가져오라고 해서 가져갔는데 뭐가 문제야? 미친놈 쳐다보듯 히죽거리냐고."

"무슨 주사기긴데?"

"혈액검사 해야 한다고 가지고 오라고 하더라고, 개진상이."

"진상? 그게 누군데?"

"OS(정형외과) 레지 1년 차인데, 이름이 진상남이야. 아주 생긴 것도 씹다 만 멸치 대가리 같은 새끼가 은근히 사람 굴리더라."

"이름값 하네."

"맞아, 자기도 겨우 1년 차인 주제에 온갖 텃새는 다 부려. 제발 어두운 데서 만나자. 내가 조용히 칼 드리고 튄다."

이택진이 양 볼이 도드라지도록 이를 악다물었다.

"잘해라. 그나저나 혈액검사용 주사기라고?"

"응."

"헤파린 처리는 했어?"

"헤파린? 안 했는데?"

"진상 짓은 맞는데, 너도 잘못했네."

"왜? 뭘 잘못했는데?"

"야, 피가 굳으면 어떻게 혈액검사를 하니? 그러니까 혈액 검사를 하려면 헤파린 처리를 하든지, 아니면 이미 헤파린 처리가 된 주사기를 가져가든지 해야지."

"그게 언제 그렇게 바뀌었어?"

"어이없군."

"젠장, 그러면 처음부터 헤파린 처리된 주사기를 가지고 오라고 하면 되지, 꼭 이런 식으로 엿을 먹여야 하는 거냐?"

"야, 그걸 누가 알려 줘. 기본 오브 기본인데."

"그래, 인마! 넌 수석한 놈이고 난 겨우겨우 국시 합격한 떨거지다. 됐냐?"

"새끼, 꽈배기냐?"

"하루하루가 지옥 같아서 그런다. 학교에 있을 땐 맘이라도 편했는데, 여기 오니까 눈치도 그런 눈치가 없다. 꼭 단칸방에 세 든 심정이야."

하아, 이택진이 고개를 쳐들며 긴 한숨을 내쉬었다.

"버티자, 피할 수 없으면 즐기라는 말도 있잖아."

"그럼, 버텨야지. 엄마 생각해서라도 버티고 버텨야지. 그나저나 CS(흉부외과)는 좀 어때? 거긴 좀 낫나?"

"더하면 더했지."

"하긴, 인턴이 어디를 간들 인간 대접 받겠냐? 그래, 오늘도 뺑이 쳐라. 진상남 개지랄 떨기 전에 나도 들어가 봐야 해. 앗 뜨거!"

이택진이 남아 있던 커피를 단숨에 입안에 털어 넣었다.

"고생해."

언제나 대한민국 인턴은 고달프다.

흉부외과 당직실.

대개 인턴이 당직실에 들어오면 각 잡고 앉아 있는 신병 신세가 된다.

뭘 해야 할지, 뭘 하지 말아야 할지 분간이 되지 않아 묵언수행, 주화입마의 상태에 빠진다.

대부분 이런 경우 멍 때리며 앉아 있는 경우가 허다하다.

귀머거리 3년, 벙어리 3년이라던 옛 여인들의 심정이라고 할까.

심심함도 달랠 겸, 그룹 웨어 조직도를 열었다.

교수들의 젊은 시절을 감상하는, 깨알 같은 재미를 만끽할 수 있었다.

"어디서 갑자기 비릿한 밤꽃 냄새가 진동하나 했더니, 이런 발칙한 인턴 나부랭이를 봤나? 어디 신성한 당직실에서 야동을?"

그 순간, 레지던트 3년 차 장대한이 들어왔다.

"인턴 나리, 당장 모니터 켜시죠?"

반사적으로 모니터 전원 버튼을 눌렀지만, 아차 이미 때는 늦어 버렸다.

"아, 그게……."

"지금부터 앉은 자리에서 뒤로 일 보 물러납니다. 실시."

장대한이 뒷짐을 진 채 근엄한 표정을 지었다.

"선생님, 그게 아니라."

"어허, 말이 많다!"

"네."

"어디 보자. 얼마나 꼴릿한 야동을 보고 계셨을라나? 일본 거? 국산? 아니면 흑형들의 무자비한……. 어? 야동이 아니라 조직도네?"

장대한이 눈매를 좁히며 모니터 전원 버튼을 켰다.

"……."

"오호통재라. 이 녀석 봐라?"

장대한이 뱁새눈으로 나를 쳐다봤다.

"사실은 그게 아니라."

"너, 교수님들 프로필 보고 얼굴 익혀 두려고 그랬구나?"

"네?"

"내 말이 맞지? 교수님한테 인사하려고."

"아, 네, 맞습니다."

"오케바리! 그런 의미에서 간단하게 테스트나 좀 해 볼까?"

장대한이 손으로 내 눈을 가렸다.

"무슨 테스트요?"

"뭐긴, 얼마나 눈썰미가 좋은지 확인해 봐야지."

"아, 네."

"어디 보자, 무슨 문제를 내 볼까? 좋아, 그게 좋겠다. 우리 CS(흉부외과)에는 여자 교수님이 한 분뿐이지. 그 교수님의 성함이 어찌 될꼬?"

그거야 당연히 홍순진 교수님이지.

"홍순진 교수님입니다."

"뭐, 홍순진? 걔는 나랑 레지던트 동긴데? 건우야, 우리 과에 홍 교수님이라고 있냐?"

"아뇨, 없는데요?"

"네?"

앗, 실수다!

홍순진 교수님은 지금 시점에선 레지던트지!

장대한이 말한 교수는 이미 은퇴하신 CS 마녀, 정은경 교수님이었어.

"그게 말입니다. 제가 잠시."

"요 발칙한 놈을 봤나!"

장대한이 매의 눈으로 나를 노려봤다.

"너, 영업 좀 해 봤나?"

"네?"

"이 녀석 아주 사회생활을 앙팡지게 배운 놈일세? 그러니까, 선배를 극진히 모신다는 의미에서 교수라고 부른다, 이거냐?"

장대한이 근엄한 표정을 풀었다.

"아, 네. 워낙 홍순진 선생님이 뛰어나시니까 곧 교수가 되실 거란 의미에서."

"이봐, 이봐. 암, 그래야지. 요고, 요고! 인턴이면 이런 싹싹한 면이 있어야 귀염을 받지."

"가, 감사합니다."

"그래, 이 바닥은 인사만 잘해도 반은 먹고 들어가는 거야. 김 선생, 나중에 우리 과로 와라. 눈썰미 있는 게 쓸 만

하겠는데?"

"네, 그러네요."

"어휴, 홀아비 냄새! 하여간 내가 여길 오지 말아야지. 아
주 쉰내가 진동을 하는구나, 진동해."

코를 막고 들어오는 여자. 짧게 자른 커트 머리에 화장기
하나 없는 다부진 외모의 그녀.

그녀는 방금 전까지 화제의 중심이었던 홍순진이었다.

이름과는 180도 다른 걸크러시였다.

"홍 선생 왔어?"

"아무리 아무 데나 굴러먹는 노숙자 신세지만 좀 씻고 다
녀라. 한겨울도 아닌데 함박눈 내렸냐? 이게 뭐니, 이게?"

홍순진이 오만상을 찌푸리며 장대한의 머리를 가리켰다.

"야, 그게 중요한 게 아니고, 너 이리 와 봐. 우리 인턴 나
부랭이가 너보고 교수라던데?"

"뭐? 그게 무슨 자판기 커피 눌렀는데 컵 안 나오는 소리
야?"

"아니, 그게 아니라……."

"오호! 정말? 신삥, 내가 그렇게 교수처럼 보여?"

"네, 우연히 몇 번 뵈었는데, 워낙 노련하시고 기품이 있
으셔서 교수님이라고 생각했거든요. 근데, 또 얼굴을 보면
너무 동안이라 아닌 것 같기도 하고 헷갈리던데."

"호호호, 내가 좀 동안이긴 하지. 다들 그래. 어쩜 아기 피

부 같다고 호들갑을 떨더라고. 뭐, 타고난 걸 어쩔?"

"네, 맞습니다. 전 학부생인 줄 알았습니다!"

"야, 그건 너무 갔다! 아무리!"

홍순진이 몸을 배배 꼬며 내 팔을 살짝 비틀었다.

"홍 선생, 이봐, 이 녀석 입안에 설탕이지?"

"그러게. 사탕이 소금보단 낫지. 이름이?"

"김윤찬입니다."

"그래, 김윤찬 선생! 반가워."

홍순진이 환한 표정으로 손을 내밀었다.

"네, 선생님. 잘 부탁드립니다."

"호호, 인상도 밝고 얼굴도 누구와는 완죤 다르고 괜찮네. 너, CS 올래?"

홍순진이 정대한을 힐끗거렸다.

"네, 저도 흉부외과 가고 싶습니다."

"그래? 그거 잘됐네. 앞으로 잘해 보자. 요, 앙징맞은, 병아리!"

홍순진이 내 볼을 잡고 흔들었다.

"네, 열심히 하겠습니다."

"아, 내 정신 좀 봐. 이건 어제 입원한 이은지 환자 검사 항목인데, 피엠에스(환자 정보 시스템)에 검사 의뢰 좀 해 줘. 할 수 있으시죠?"

장대한이 공손하게 차트를 건넸다.

"네, 알겠습니다."

"그래, 이렇게 하나하나 일을 배워 가는 거야. 그러다 보면 금세 나처럼 될 거야, 흠흠!"

장대한이 어깨를 두드려 주었다.

"네, 선생님!"

"웃기고 있네. 세상에 될 게 없어 너 같은 산도적 같은 짐승이 되냐?"

홍순진이 콧방귀를 뀌었다.

"뭐? 산도적?"

"당연하지. 그것도 널 어여삐 여겨 붙여 준 고마운 별명인 줄 알아라. 넌 딱, 오크나 오우거가 어울려."

"이런! 십장생!"

저 두 사람은 어떻게 결혼한 거야? 딱 봐도 앙숙인데?

잠시 후, 난 차트를 유심히 살펴보기 시작했다.

이은지라.

난, 지난날의 기억을 더듬어 갔다.

기억나!

채 백일이 안 된 핏덩이.

은지의 병명은 이디오패틱 미오카디얼 하이퍼트러피(특발성 심근 비대증)이었다.

말 그대로 원인을 알 수 없는 심근 비대증이라는 것.

심장근육 세포의 탄성이 줄어 심기능이 약해진 병으로, 수술은 그리 어렵지 않은 병이었다.

문제는 특발성 심근 비대증이 아니었다.

이 아이는 폼페병을 앓고 있었다. 그게 문제였다.

이름도 생소한 폼페병(pompe).

전 세계 인구 5만 명당 한 명꼴로 발생하는 희귀 유전병이었다.

워낙 희귀한 질병이라 공식 집계가 어렵지만, 김윤찬이 회귀하기 전에는 우리나라에 40여 명의 환자가 있는 것으로 알려졌었다.

일종의 효소 결핍증.

원인을 알 수 없는 유전적 돌연변이에 의해 필수 효소들이 제 역할을 할 수 없게 되는 병이다.

뇌, 심장, 간 등의 장기에 치명적이었다.

은지의 경우, 그 영향이 심장에 미친 것이다.

양상은 세 가지.

영아형, 소아형 뒤늦게 나타나는 발병지연형이 있다. 그중 영아형이 가장 위험했다.

소아형, 발병지연형에 비해 진행 속도가 빠르고 전격적으로 일어나기 때문이다.

불행히도 은지는 경우는 영아형에 속했다.

1999년 당시라면 적절한 치료법도, 효과적인 약은 물론, 진단도 쉽지 않아 거의 불치병이나 다름없었다.

내가 의사 가운을 입고 처음 맞은 환자. 이 천사 같은 아기를 어찌 잊을 수 있겠는가?

일단, 내 기억이 맞는지 확인부터 해야 했다.

아기 천사

소아흉부외과 병동.

"우리 천사, 안 자고 있었네?"

도리, 도리 까꿍!

녀석이 해맑게 웃는다.

하늘도 무심하시지, 이렇게 예쁜 아가한테 폼페병이라니!

"우리 은지 '아' 해 보자."

조심스럽게 아이의 입을 벌려 혀의 모양을 확인했다.

폼페병일 경우 혀의 크기가 같은 연령대의 아이들보다 큰 것이 특징이었다. 불운하게도 은지의 혀가 다른 아이들에 비해 상대적으로 컸다.

"오구오구, 우리 은지 손힘이 얼마나 좋은지 보자!"

고사리 같은 손에 내 손가락을 끼워 보았다.

손아귀 힘이 전혀 느껴지지 않아.

이 정도면 근력이 상당히 저하돼 있다는 건데……

그리고 동공반사.

펜 라이트를 꺼내 은지의 반사 신경을 확인해 보니, 빛에 대한 반응이 현저히 떨어져 있었다.

입안이 꽉 찰 정도로 상대적으로 큰 혀, 저하된 근력, 현저히 둔화된 반사 신경, 게다가 비대해진 심장까지.

그렇다면…….

"선생님, 우리 애한테 무슨 일이라도 있는 건가요?"

내 안색을 살핀 아이 엄마가 걱정스러운 듯 물었다.

"아뇨, 아무것도 아니에요. 그냥, 이 연령대 아기들의 일반적인 이학적 특성을 보려고 그런 거예요."

"아."

여전히 불안한 표정을 감추지 못하는 아이 엄마였다.

"그나저나 은지는 나중에 쌍꺼풀 수술 안 시켜도 되겠어요. 완전, 자연산인데요?"

"아, 네. 그것도 유전인가 봐요. 저도 수술 안 했거든요."

후우, 쌍꺼풀만 유전이었으면 좋으련만. 왜 하필.

"아, 그래요? 어쩐지 자연스럽다 했어요! 은지가 엄마를 닮았나 봐요?"

"네, 저를 닮아 못생겼어요."

"아뇨. 눈도 크고 얼굴도 작아서 우리 은지 나중에 아이돌 하면 대박 칠 것 같아요."

"그 정도는 아닌데……."

"아니에요. 제가 여러 아기들을 봤지만, 우리 은지가 탑이 에요."

"선생님은 다른 선생님들과는 다르시네요."

"뭐가요?"

"다들 무뚝뚝하고 아이 다루시는 게 서투르시던데, 선생 님은 여유 있어 보이고, 아무튼 뭔가 좀 달라요."

"제가 워낙 아기를 좋아해서요. 게다가 저 의사 맞습니 다!"

"그런 의미가 아니라."

"솔직히 말씀드리면 인턴이면 아직 의사라고 하긴 2% 부 족해 보이는 건 사실이죠. ……그건 그렇고, 제가 어머님한 테 몇 가지, 여쭤보고 싶은 게 있는데 괜찮을까요?"

"네, 말씀하세요."

"여기선 좀 그렇고 시간 괜찮으시면 별도 좋은데 하늘공원 으로 올라가시죠?"

"네, 좋아요."

잠시 후.

"어머님, 혹시 걸으실 때 힘드시지 않으세요?"

은지 엄마한테 아메리카노를 내밀며 물었다.

"네, 제가 원래 어려서부터 심장이 약해서 숨이 많이 차거든요. 근데, 병원에선 특별히 이상한 데가 없다고 해서 치료는 받지 않지 않았어요."

그럴 수 있지, 발병지연형의 경우라면.

주로 60세까지 서서히 발현하는 폼페병.

척추 지지 근육, 허리 근육에 침범해 보행 장애가 일어난다.

보고에 의하면 심장 침범은 거의 없는 걸로 볼 때, 검사를 해도 별다른 소견이 나오지 않았을 확률이 높았다.

"네, 그렇군요. 수면 장애나 수면 무호흡증 같은 건 없습니까?"

"네, 있어요! 제가 비염이 심해 코골이가 좀 있어요. 자다 보면 우리 남편이 깜짝깜짝 놀란다고 하더라고요."

"그렇군요."

은지 엄마, 그건 비염 때문이 아니에요.

폼페병이 횡격막에 침범해 수면 무호흡 증세가 생긴 겁니다.

이제 거의 확실해졌다.

은지의 폼페병은 엄마한테서 유전되었을 확률이 높았다.

"선생님, 왜요? 그게 우리 은지하고 연관이 있는 건가요?"

눈치 빠른 그녀였다.

"아뇨, 그런 건 아니고, 아직 아이가 어리니까 의사 표현을 할 수 없잖아요. 그래서 어머님을 통해 간접적으로 은지의 몸 상태를 체크해 보려고 하는 겁니다."

"아, 네. 아까도 말씀드렸지만, 선생님은 다른 젊은 의사 선생님과는 좀 뭔가 다른 것 같아요. 말로 설명하긴 어렵지만."

"그런가요?"

"네, 그냥 뭐, 마음이 편안해진다고나 할까? 아무튼 그런 느낌이에요. 굉장히 노련하신 의사 선생님과 얘기하고 있는 느낌? 뭐, 그런 거요."

"좋은 건가요?"

"그럼요! 굉장히 좋은 거죠. 믿음이 가니까요."

"감사합니다."

"선생님, 우리 은지 잘 좀 부탁드려요. 애가 안 생겨 천신만고 끝에 얻은 아이예요."

"네, 최선을 다하겠습니다."

불행히도 은지는 폼페병을 앓고 있을 확률이 높았다.

♥

흉부외과 당직실.

어떡하지?

그렇게 몇 날, 며칠을 고민하던 끝에 뜻밖에도 실마리는 엉뚱한 곳에서 풀렸다.

"김윤찬 선생, 나 잠깐 눈 좀 붙일 테니까, 2시간만 있다가 깨워 줘. ICU(중환자실) 가야 하니까."

2년 차 류희성이 당직실로 들어오자마자 가운을 집어 던졌다.

"네, 선생님, 주무세요."

"어휴, 이놈의 쪽잠 신세. 언제나 면하려나? 윤찬 선생은 나중에라도 절대 흉부외과 오지 마라. 여긴 지옥이야, 지옥."

"전 흉부외과가 좋습니다."

"좋긴, 개뿔이 좋아? 네가 몰라서 그러는데, 세상, 사람할 짓이 아닌 게 흉부외과 써전이야. 고함 교수님 보면 모르냐? 하도 비상 콜이 오니까 아예 병원 근처로 이사 왔잖아. 완전 헬이라고, 헬!"

"그래도 전 고함 교수님이 멋지시던데."

"멋지지, 졸라 멋지지. 그래서 내가 이 모양, 이 꼴 아니냐? 이게 다 교수님 때문이야."

"교수님이 왜요?"

"괜히 고함 교수님 수술방에 들어갔다가 삘 받아서 이렇게 됐지 뭐냐?"

"아."

"너도 나중에 한번 볼 기회가 있을 거야. 고함 교수님 수술하는 모습이 좀 간지 나냐? 아주, 바람의 검객 저리 가라지. 내가 거기에 뿅 가서 흉부외과 온 거야."

"아, 네."

"그때는 정말 저런 게 진정한 의사구나 싶었다. 칼 안 잡는 의사는 의사도 아니라고 생각했었지."

"후회하세요, 흉부외과 오신 거?"

"그걸 말이라고 해? 인턴 때로 시간만 되돌릴 수 있다면, 절대로 CS(흉부외과)는 안 와."

"에이, 시간을 어떻게 되돌려요, 말도 안 돼."

"내 말이. 그러니까, 넌 절대 고함 교수님 수술방에 들어가지 마라. 거긴 완전 마교의 소굴……."

드르렁.

류희성이 나와 몇 마디 나누더니 곯아떨어졌다.

안쓰럽네.

나도 예전엔 그랬지.

난 쿠션을 가져와 류희성의 머리 밑에 넣어 주고는 이불을 덮어 주었다.

그나저나, 도대체 어떻게 해야 한단 말인가?

난, 다시 장고에 빠졌다.

교수님을 찾아가 말씀드려 볼까? 아니지, 인턴이 하는 말을 누가 믿겠나.

아무도 내 말을 믿지 않을 확률이 높았다. 게다가 폼페병이란 용어 자체도 생소할 것 아닌가?

진단 방법도 마땅치 않은데.

잠깐만!

−인턴 때로 시간만 되돌릴 수 있다면, 절대로 CS(흉부외과)에는 안 와.

방금 전, 류희성이 했던 말이 떠올랐다.

맞아!

내가 왜 그 생각을 못 했지? 굳이 내가 뭔가 해결하려고 애쓸 필요가 없잖아?

그때가 언제더라…….

난 눈을 감고 회귀 전, 기억을 떠올렸다.

"한 교수님, 진심으로 축하드립니다. 드디어, 8년간의 노력의 결실을 맺으셨네요. FDA 승인을 축하합니다."

"고맙네."

"이제 폼페병 환자들도 치료의 길이 열렸네요."

"그러게. 절반은 자네 몫이야."

"아뇨, 제가 뭐 한 게 있나요. 전부 한 교수님이 노력하신 결과죠."

"아니야, 내가 이론에 매몰돼, 해법이 안 나올 때, 자네 도움이 결정적이었어. 괜히 어렵게 접근했던 게 치료제 개발을 더디게 만들었던 것 같아."

"네, 그동안 맘고생이 심하셨죠."

"그러게. 그런데 인간의 당 패턴을 지닌 동물형 α-글루코시타아제를 대체 투입할 결정적인 힌트를 자네가 줬잖아."

"저도 우연히 얻어걸린 거예요."

"아니지, 김 교수가 아니었다면 이 치료법은 절대 세상에 나오지 못했을 걸세."

은지가 폼페병 후유증으로 사망한 이후, 난 죄책감에 시달렸고 당시, 폼페병 치료를 연구하던 내분비학과 한민우 교수 연구를 적극적으로 도왔다.

"정말 다행이에요. 이제 많은 환자가 희망을 찾을 수 있겠어요."

"그렇지, 적어도 허망하게 돌아가시는 일은 없을 거야."

"하아, 조금만 일찍 이 치료법이 나왔다면, 우리 은지는 죽지 않았겠죠?"

"그렇지, 고함 교수가 가운을 벗을 일도 없었겠지."

당연하지, 은지는 고함 교수가 잘못해 죽은 게 아니니까.

"네, 정말 안타깝네요."

은지의 심근 비대증 집도의는 고함 교수였다.

수술은 잘 끝났지만 원인 모를 쇼크에 의해 은지는 사망했고, 그 죄책감에 고함 교수는 사표를 제출하고 말았던 것.

나중에 그 원인이 폼페병이라는 것이 밝혀져, 고함 교수의 책임이 아니라는 것이 드러났지만, 그는 끝내 병원으로 돌아오지 않았다.

"이번에 개발한 마오자임(폼페병 치료제)은 특별한 게 아니야. 당시만 해도 이론은 확립되어 있었으니까, 치료법을 개발하는 건 문제도 아니었어. 조합만 제대로 했더라면."

한민우 교수가 안타까운지 아랫입술을 잘근거렸다.

"시간을 되돌릴 수 있다면 얼마나 좋을까요?"

"그러게 말이야. 딱 8년만 되돌릴 수 있다면……."

한민우 교수가 아쉬운 듯 하늘을 올려다보았다.

그래, 한 교수님 말대로 8년만 되돌리면 돼!

한민우 교수님, 제가 그 논문 8년만 당겨 드리죠.

어차피 교수님이 쓰실 논문이니까요.

한민우 교수님께…….

난 곧바로 컴퓨터를 켜고 한민우 교수에게 익명의 메일을 보냈다.

한 교수가 메일을 확인한다면 분명 방법이 있을 거야.

하지만 모든 일이 생각처럼 수월하게 진행되지만은 않았
다. 며칠이 지나도록 한민우 교수는 내가 보낸 메일을 확인
하지 않았다.

반복해서 수차례 메일을 보내 봤지만, 스팸 메일 처리가
되어 있는지, 여전히 메일 수신 확인이 되지 않았다.

그렇게 시간이 흘러 은지의 수술 일정이 잡혔다.

컨퍼런스 룸.

수술 과정을 협의하기 위해 흉부외과 의료진이 컨퍼런스
룸에 모였다.

"성명 이은지. 성별 여아. 이제 생후 85일된 영아로 호흡
곤란 증세를 보여 본 원에 내원하였으며, 심장근육 조직 검
사 결과, 이디오패틱 미오카디얼 하이퍼트러피(특발성 심근 비대
증)로 진단되었습니다."

한상훈 교수가 브리핑을 시작했다.

"현재 이은지의 심장은 약 20% 정도만 사용되고 있으며,
호흡, 혈압도 불규칙한 편입니다."

"현재 치료는 어떻게 하고 있지?"

고함 교수가 물었다.

"네, 심부전 현상을 완화하기 위해 프로프로놀롤(베타 차단
제)을 아이브이로 0.02밀리그램, 오랄로 0.2밀리그램씩 투여

하고 있고, 혈관 확장제를 사용해 혈류량을 증가시키고 혈액이 응고되는 걸 방지하고 있습니다."

"펄모너리 에데마(폐수종)가 보이던데?"

"네, 라식스(이뇨제)를 2.5mmHg/kg 단위로 투여하고 있습니다."

"좌심실 벽이 굉장히 두꺼워졌어. 결국, 수술밖에는 답이 없는 상태라는 건데."

"네, 맞습니다. 비후된 심실 중격을 절제하는 심근 절제술을 시행하고 엘바드(좌심실 보조 장치)를 달아야 할 것 같습니다."

"아이고야, 이 어린 핏덩이한테 바드를 달아야 한다니."

고함 교수가 미간을 찌푸렸다.

"현재로선 어쩔 수 없는 일인 것 같습니다."

"그래, 일단 아이 심장부터 살려야 하니까. 아무튼, 어려운 수술은 아니지만 아이가 워낙 어리니까, 수술 중에 무슨 돌발 변수가 튀어나올지 알 수 없어. 다들 사전에 철저하게 준비를 해 둬야 할 거야. 한상훈 선생 주도하에 준비 좀 잘해 줘."

"네, 알겠습니다."

"좋아. 집도는 내가 하고 퍼스트에 한상훈 선생이 서도록 하지."

"네, 그렇게 하겠습니다."

"그리고 은지 담당 선생은 수술 당일까지 아이가 최고의 컨디션을 유지할 수 있도록 신경들 쓰고."

짝짝짝.

고함 교수가 박수를 치며 독려했다.

"네, 교수님!"

어떻게 해야 하지? 왜 메일을 확인하지 않는 거지?

2시간여의 회의 시간에도 폼페병에 관한 내용은 단 한마디도 나오지 않았다.

"도건우 선생님!"

도건우는 나와 같은 흉부외과 인턴이었다.

"네."

"도건우 선생이 은지 담당이죠?"

"네, 맞아요."

"우리 은지 잘 부탁해요."

"네."

"근데 저 궁금한 게 있는데, 은지한테 나트륨은 독약이지 않나요?"

"네, 당연하죠. 심장이 안 좋은데."

"그죠! 그런데 왜 나트륨 수치가 떨어지지 않을까요?"

"그럴 리가 있나요? 정제된 분유와 이유식을 섭취할 텐데?"

"그러게요. 저도 그런 줄 알았는데, 오늘 아침 혈액검사를 보니까 적정 농도 이상의 나트륨이 나왔더라고요."

"그럴 리가 없을 텐데."

"그럴 리가 있을 거예요."

"네?"

"은지 엄마가 밤마다 컵라면을 먹더라고요."

"그게 무슨 상관이죠? 은지 분유 먹잖아요."

"아뇨, 은지 모유 먹어요. 아이가 워낙 입이 짧아서 정제 분유를 못 먹거든요. 그래도 수술하려면 체력을 유지해야 하니 어쩔 수 없이 모유를 먹일 수밖에 없어요. 교수님도 허락하셨어요."

"진짜요? 젠장, 나 박살 나겠네요?"

도건우의 얼굴이 붉어졌다.

"걱정 마세요. 제가 은지 엄마한테 단단히 주의를 줬으니까요. 은지는 말로 자신의 의사를 표현할 수 있는 어른이 아니라는 걸 생각해 줬으면 해요."

"하아, 네."

"올, 김윤찬, 제법인데?"

홍순진이 성큼성큼 다가가 내 어깨에 팔을 둘렀다.

"아, 선배님!"

"야, 김 선생아! 이따가 나랑 조각 케이크나 우물우물하러 갈래? 요즘 당 떨어지더라."

"쌤이 사시는 건가요?"

"당연하지. 다만 이거 뇌물이라는 것만 잊지 마라."

"그렇게 되나요?"

"물론이지. 그런데 김 선생아, 내가 그렇게 동안이야?"

"물론이죠. 제가 말씀드렸잖아요. 학부생인 줄 알았다고."

"호호호, 빈말이라도 기분 좋다, 얘!"

홍순진이 내 옆구리를 푹 찔렀다.

"김윤찬 선생, 조각 케이크에 커피 한잔 때리러 가자."

몇 시간 후, 홍순진이 당직실에 있는 날 찾아왔다.

"야, 뭐야? 나는?"

그 순간, 구석에 짱 박혀 쪽잠을 자고 있던 장대한이 벌떡
일어났다.

"아이씨, 깜딱이야. 야, 왜 네가 거기서 나와?"

"야, 레지던트가 당직실에 있는 건 당연한 거지. 뭐가 문
제야?"

"야, 네 얼굴이 공포 영화라는 걸 몰라? 애 떨어질 뻔했잖
아! 그 산적 같은 얼굴 좀 치워 줄래?"

"얘, 진짜 너무하네. 동기 사랑, 나라 사랑이란 말도 모르
냐? 가뜩이나 당 떨어져 죽겠는데."

"당 떨어지면 너스 스테이션 가서 포도당이라도 하나 찔러 달라고 하든가, 괜히 질척거리지 말고."

"질척? 내가? 웃기고 있네. 내가 미쳤냐? 선머슴 같은 너한테 질척거리게?"

"뭐, 선머슴? 너, 선머슴한테 맞아 죽어 볼래?"

홍순진이 잔뜩 붉어진 얼굴로 옷소매를 말아 올렸다.

만날 때마다 투덕거리는 두 사람이었다.

"선배님, 케이크는 장대한 선생님 사 드리세요. 오늘 307호 할머니 때문에 선배님이 고생이 많았거든요. 전, 고함 교수님 호출이 와서 연구실에 가 봐야 할 것 같아요."

"오구, 오구, 나 생각해 주는 건 우리 윤찬이밖에 없구나. 야, 거봐, 윤찬이 말 잘 들었지? 내가 오늘 얼마나 뺑이 쳤는 줄 알아?"

장대한이 불쌍한 표정을 지었다.

"흠, 그래?"

"그래, 인마. 봐 봐. 얼굴이 반쪽이 됐잖아."

"쳇, 네 반쪽이 윤찬이 얼굴보다 더 커. 뭐, 고생했다니 좀 안됐네. 그래, 가, 사 줄 테니까."

"고마워, 동기야. 내 일용할 양식을 대 주는 사람은 너밖에 없다."

장대한이 손을 모아 슈렉 고양이 흉내를 냈다.

"그럼 김 선생은 나중에 나랑 더 맛있는 거 먹자?"

"네, 두 분 맛나게 드세요. 저 교수님 방에 가 볼게요."

"그래, 다녀와."

교수님이 내 말을 믿어 주실까?

막상 고함 교수를 찾아갔지만 선뜻 문을 열고 들어갈 수 없었다.

바로 그때였다.

"자네는 누군가?"

툭.

한민우 교수가 내 어깨를 건드렸다.

"교수님, 오셨군요!"

"오셨군요? 뭐냐? 내가 여기 올 줄 알고 있었다는 거냐?"

"그게 아니고요. 그냥 뭐 교수님 오셨냐는 거였죠."

"그래? 나를 아나?"

"네, 우리나라 내분비 학계에선 가장 권위자신 한민우 교수님을 모를 사람이 어디 있습니까."

"권위자라? 치료제 하나 못 만들고 헤매고 있는데 무슨 말라비틀어진 권위자야."

한민우 교수가 고개를 절레절레 흔들었다.

"아닙니다. 교수님은 언제나 최고십니다."

"하하, 그렇게 봐 준다니 고맙군. 그나저나 고함 교수한 테 볼일이 있나 본데, 먼저 들어가지? 난 조금 있다 다시 올 테니."

"아닙니다. 그러실 필요 없습니다. 지금 들어가셔도 돼요. 그냥 지나가던 길이었어요."

"그래? 그러면 뭐. 그나저나, 자네 이름은 뭔가?"

"네, 전 인턴, 김윤찬입니다."

"김윤찬이라. 그 이름 기억해 두지. 나중에 우리 과에 오면, 그때 보자고."

"네, 교수님. 얼른 들어가 보십시오. 고함 교수님 안에 계실 겁니다."

"그래, 고마워."

잠시 후, 고함 교수와 한민우 교수가 심각한 표정을 지으며 연구실 밖으로 나왔다.

"고 교수, 일단 내가 은지란 아이를 좀 봐야겠어."

"그래, 그렇게 해. 폼페병이라니, 이게 무슨 날벼락 같은 소리야? 거의 불치병에 가까운 병 아냐?"

"아직 확실한 건 아니니까 속단하긴 일러. 아이의 상태를 좀 보고 몇 가지 검사를 해 봐야지 확실히 알 수 있을 거야."

"그래, 같이 가 보자고."

두 교수가 서둘러 소아흉부외과 병동으로 발길을 돌렸다.

메일을 봤나 보군.

정말, 다행이야. 한 교수님이 아셨으니 뭔가 조치를 취하시겠지.

난, 다음 단계를 준비하면 되겠어.

고함 교수와 함께 은지를 찾아온 한민우 교수가 아이를 진찰하기 시작했다.

"우리 은지 입 좀 볼까?"

한민우 교수가 은지의 입을 벌려 입안을 확인했다.

"어디 손가락 힘은 얼마나 좋으실까?"

한민우가 은지의 주먹 사이로 손가락을 넣어 보았다.

옹알옹알.

"오구오구, 우리 은지 잘하네? 은지 어머님, 혹시 걸으실 때, 숨이 차거나 주무실 때 무호흡 증세를 겪은 적 있으세요?"

진찰을 마친 한민우 교수가 아이 엄마에게 물었다.

"네. 그렇긴 한데, 좀 이상하네요?"

"왜요? 무슨 문제라도 있습니까?"

"아뇨. 문제까진 아닌데, 며칠 전에도 교수님과 똑같은 질문을 하신 선생님이 있어서요."

아이 엄마가 고개를 갸웃거렸다.

"네? 누가요?"

"그러고 보니 아직도 그 선생님 이름을 모르고 있었네요?"

"혹시 도건우 선생입니까? 은지 담당의인데?"

옆에 있던 고함 교수가 물었다.

"아뇨, 도건우 선생님은 자주 봬서 제가 알죠. 그분은 아니고, 더 어린 선생님인데, 키도 크고 얼굴도 곱상하게 생기신분."

"김윤찬 선생요?"

"네네, 맞아요. 김윤찬 선생님요. 명찰을 본 것 같아요. 애도 잘 어르시고 서글서글하니 붙임성이 좋은 분이더라고요."

아이 엄마가 격하게 고개를 끄덕였다.

"확실한가요?"

"네, 맞아요. 은지 입속도 들여다보고. 저한테 걷는 게 힘든지, 코는 고는지, 지금 교수님이 물어보신 대로 똑같이 물어봤어요."

"그래요?"

두 교수가 황당한 표정을 지었다.

"네, 그런데 우리 애한테 무슨 문제라도 있나요? 그 선생님은 아무것도 아니라고 했는데."

"아뇨, 그렇지 않아요. 그냥, 아기가 스스로 의사 표현을 못 하니까, 대신해서 어머님께 몇 가지 여쭤본 겁니다."

"그 말씀도 그 젊은 선생님이랑 똑같네요! 그 선생님도 저한테 그렇게 말했거든요."

"헐, 그렇습니까?"

한민우 교수가 뒤통수를 얻어맞은 듯 멍한 표정을 지었다.

잠시 후, 은지 진찰과 혈액 채취를 마친 두 사람이 고함 교수의 연구실로 돌아왔다.

"이걸 어떻게 받아들여야 하지, 고 교수?"

털썩.

연구실로 돌아온 한민우 교수가 의자에 몸을 내던졌다.

"그러게, 아이 엄마의 말대로라면 김윤찬 선생은 은지가 폼페병에 걸렸다는 걸 알고 있었다는 게 되잖아?"

고함 교수 역시 믿을 수 없다는 눈치다.

"사실은 좀 전에 자네 방 앞에서 그 친구를 만났었거든."

"김윤찬을?"

"나를 보더니 굉장히 엄청 반가워하더라고."

"한 교수를 왜?"

"내 말이. 나랑은 일면식도 없는데 말이야. 뭐, 나중에 우리 과에 오면 잘 보이려고 그러는가 보다 싶어 대수롭지 않게 생각했는데, 지금 보니 좀 걸리네."

"그게 뭔데?"

"그것보다 고 교수, 김윤찬 선생은 어떤 친구야?"

"음, 우리 병원 인턴인데, 꽤 쓸 만한 녀석이야. 배짱도 있고 실력도 있어 보이더라고."

"그래?"

"세상에, 얼마 전에 심낭천자로 사람을 살리기도 했지. 그것도 블라인드로."

"심낭천자를? 그것도 블라인드로? 인턴이 할 짓이 아니잖아?"

"그러니까. 명진대 윤 교수 말을 빌리면, 거의 완벽하게 해 놨다네? 나도 긴가민가했는데, 아무튼 결과가 그렇게 나왔으니 믿을 수밖에. 근데 왜?"

"그런 일이 있었군. 그렇다면 어쩌면 내가 지금 생각하고 있는 게 맞을지도 모르겠어. 이것 좀 봐 봐."

한민우 교수가 내민 건 김윤찬이 보낸 메일을 프린트한 것이었다.

"이건 은지 증세잖아?"

"맞아, 누가 내게 익명의 메일을 보내왔거든. 처음엔 스팸 메일인가 싶어 신경도 안 썼는데, 자꾸 메일이 와서 살펴보니 아니더라고."

"아, 그래서 자네가 은지를 보자고 한 건가?"

"그래. 아무래도 이 메일을 보낸 친구가 김윤찬 선생일지도 모르겠다는 생각이 드네."

"자네 말을 듣고 보니, 그럴 수도 있겠군. 이 친구, 까면

깔수록 양파 같은 녀석일세? 은지가 폼페병에 걸린 걸 어떻게 알았지?"

"그러게. 최대한 빨리 그 친구를 만나 봐야겠어. 메일 내용을 보면 폼페병에 관한 지식의 깊이가 남달라."

"고 녀석, 참! 알았어. 내가 자네 방으로 그 아이를 보냄세."

"그래, 그렇게 해 줘."

"그나저나 내가 노파심에 당부하는데, 그 녀석은 내가 이미 침 발라 놨으니까, 괜히 꼼수 부리지 말라고."

고함 교수가 검지를 흔들었다.

"그거야 자유 대한민국에서 개인의 의사에 맡기는 거지. 우리 과에 오고 싶다는 걸, 내가 어찌 막나?"

"그래? 그러면, 없던 일로."

"농담이야, 농담! 천하의 고함 교수가 침 발라 놓은 놈을 빼 가는 무모한 인간이 어디 있을라고?"

"그런가?"

"당연하지. 천하의 고함이 가만있을 리가 있나? 모가지를 비틀어서라도 끌고 갈 사람인데."

"하하하, 그 정도는 아니야."

"아니지. 더했으면 더하지, 덜하진 않아."

한민우 교수가 고개를 절레절레 흔들었다.

"그건 그렇고 아이는 어떻게 되는 건가?"

호탕하게 웃던 고함 교수가 표정을 바꿨다.

"모르겠어. 효소 검사 결과가 나와 봐야 알겠지만, 내가 폼페병에 매달린 지가 벌써 5년이 넘었어. 내 판단에 의하면 폼페병일 확률이 높아."

"그러면 어떻게 되는 거야?"

"그게 문제야. 은지의 경우는 폼페병의 유형 중, 가장 치명적인 영아형이거든. 아쉽게도 현재로선 특별한 대안도 없고 답도 없어."

'젠장, 그 문제만 해결돼도 어떻게 해 보겠는데.'

한민우 교수가 아랫입술을 잘근거렸다.

"그러면 은지 심장 수술은 어떻게 해야 할까?"

"일단 검사 결과가 나올 때까지 미루는 게 좋겠어. 자칫, 면역글로불린에 의한 사이토카인(전격적 면역반응)이라도 폭발하면 치명적이야."

"알았네. 일단 그렇게 조치를 취하도록 하지."

"그리고 최대한 빨리 그 친구 좀 만나게 해 주라고. 내가 그 녀석한테 물어보고 싶은 게 많아."

"그렇게 함세."

다음 날, 오전.
어? 귀남이네?

복도에 쭈그리고 앉아 울상을 짓고 있는 김귀남을 발견했다.

"귀남아, 여기서 뭐 해?"

"어, 윤찬아."

"표정이 왜 그래? 무슨 일 있어?"

"후우, 미치겠다, 진짜."

"왜? 무슨 일인데?"

"그게 말이야……."

사연인즉, 고참 선배가 환자 단층촬영(CT) 오더를 내렸는데, 바쁘다는 핑계로 방사선사가 촬영을 거부했다는 것이었다.

일종의 인턴 길들이기였다.

"언제까지 찍어야 하는데?"

"오늘까지. 이거 못 하면 나 제명에 못 죽어."

건드리기만 해도 울 것 같았다.

"그러면 뭐, 바로 찍으면 되겠네. 따라와."

"어딜?"

"어디긴 어디야, 방사선실이지."

"내가 이미 갔다 왔다고 했잖아. 지금 바빠서 안 된다고 나중에 오래."

"그건 잘 모르겠고. 어쨌든 오늘까지만 찍으면 되는 거잖아?"

난 김귀남의 손목을 잡아끌어 방사선실로 향했다.

"저 기사님, 씨티 의뢰하러 왔어요."

"오늘 촬영이 많아서 힘들다고 했을 텐데?"

방사선사가 힐끗 쳐다보더니 퉁명스럽게 말했다.

"네, 바쁘신 건 알지만, 워낙 급한 환자라서요."

"아, 진짜. 이 사람들 굉장히 피곤한 사람들이네? 여기 병원에 안 급한 환자가 어디 있어요? 다 순서가 있는 건데, 이렇게 억지를 부리면 어떻게 합니까?"

방사선사가 반말인 듯 아닌 듯 애매한 말투로 쏘아붙였다.

"그냥 가자, 바쁘시다잖아."

김귀남이 옷소매를 잡아끌었다.

"아냐, 잠깐만 기다려."

"그렇게 바쁘신 분이 신문 보실 시간은 있는 겁니까?"

"뭐라고요?"

방사선 기사가 가자미눈을 뜨며 김윤찬을 흘겨봤다.

"눈코 뜰 새 없이 바쁘신 분이 신문을 보고 계셔서요."

"아, 진짜 귀찮게 하네. 그러면 당신이 직접 찍으시든가요."

"정말, 안 되는 겁니까?"

"네."

"진짜 안 되는 거죠?"

"네, 진짜 안 됩니다. 제가 녹음기입니까? 몇 번을 말해도 못 알아들어요? 오늘 촬영 스케줄이 꽉 차 있다고요."

"그러면 할 수 없군요."

난 핸드폰을 꺼내 들었다.

"교수님, 저 김윤찬입니다."

―교수님? 무슨 헛소리야? 바쁘니깐 용건만 말해.

전화를 받은 사람은 이택진이었다.

"교수님, 아무래도 이사장님 손녀분, 씨티 촬영은 못 할 것 같은데요?"

―뭔 개소리야? 야, 미쳤냐?

"아, 네. 죄송합니다. 저도 어떻게든 해 보려고 했는데, 기사님이 안 된다고 하시네요?"

수화기를 귀에서 멀리 떨어뜨리는 연기까지.

"아, 진짜! 내가 언제 바쁘다고 했다고 그래요? 이분, 진짜 성격 급하시네."

기사가 이사장 손녀라는 말에 번개 같은 속도로 달려왔다.

"교수님, 기사님 바꿔 드려요?"

―뭐야? 내가 뭘 바꿔?

"기사님, 바꿔 드릴까요?"

한 손으로 수화기를 막고는 방사선 기사에게 핸드폰을 내밀었다.

"아뇨, 아뇨. 제가 그 전화를 왜 받습니까? 스케줄이 꽉 찼다고 했지 언제 못 하겠다고 했어요? 이분, 참 성질 급하시네. 조선말은 끝까지 들어 봐야죠!"

방사선사가 하얗게 질린 얼굴로 손사래를 쳤다

"촬영되는 거죠?"

"물론이죠. 당연히 되죠. 그 환자분, 어디 병동, 몇 호예요?"

방사선사가 황급히 메모지와 펜을 들고 와, 적는 시늉을 했다.

"잠깐만요. 통화 좀 마저 하고요."

"아, 네. 맘껏 하십시오."

어디서 갑질이야!

"교수님, 기사님이 지금 바로 촬영해 주시겠답니다. 스케줄에 착오가 있었나 봐요."

―이게 정말? 지금 뭐 하는 거야? 쥐약을 처먹었나?

"아, 네. 곧 촬영 준비하도록 하겠습니다. 교수님, 전화 끊습니다."

―야! 야! 김윤찬?

틱.

난 무심히 종료 버튼을 눌렀다.

"교, 교수님이 뭐라고 하시나요?"

걱정이 되는지 방사선사가 조심스레 물었다.

"아, 네. 쥐약을 먹지 않은 이상, 씨티 촬영을 늦추겠냐고

하시네요?"

"쥐약? 아, 네. 다, 당연하죠. 그럴 리가 없죠. 지금 바로 준비하겠습니다. 환자 내려보내 주세요. 아니다. 제가 바로 연락하죠."

"네, 그러면 수고하세요. 귀남아, 가자."

"어? 어."

잠시 후 난, 귀남의 어깨에 팔을 걸치고는 밖으로 나왔다.

"이제 됐지?"

"그렇긴 한데, 진짜 교수님한테 전화한 거야? 그리고 이사장님 손녀는 또 뭐고?"

"아니, 택진이한테 전화했어."

"뭐야? 그럼!"

"당연, 구라지. 그렇게 안 하면, 저 인간 꿈쩍도 안 해."

"그러다 나중에 알면 어쩌려고?"

"걱정 마, 그럴 일 없으니까."

"그건 왜?"

"야, 물어봤다가 진짜면? 그러다 자기가 촬영 지연한 거 들통 나면 어쩌려고? 아마, 군소리 없이 해 줄 거야."

"아하, 그렇구나! 야, 그나저나 넌 이런 방법을 어떻게 알아낸 거야? 난 생각조차 못 했는데."

"그냥 뭐, 선배들한테 귀동냥한 거지."

"그렇구나. 네 덕에 십년감수했어. 윤찬아, 나중에 내가 맛있는 밥 살게."

"그러시든가. 밥이나 먹을 시간이 있으려나 모르겠다."

"야, 윤찬아! 너 거기서 뭐 해! 하여간 인턴, 이것들은 바짝 조여야 해. 조금만 풀어 줘도 저 난리지."

천둥 같은 목청 소리. 흉부외과 레지던트 1년 차 나광남이 씩씩거리며 달려왔다.

"무슨 일이죠?"

"이 새끼야, 삐삐는 왜 꺼 놓고 싸돌아 댕기는 거야? 내가 너 찾으려고 지구, 열 바퀴는 더 돌았을 거다."

분기탱천한 나광남의 얼굴에 분노가 가득했다.

"아, 네, 죄송합니다. 충전을 깜박했어요."

"죄송이고 나발이고, 너 무슨 사고를 치고 돌아다니기에 타 과 교수님이 널 찾아?"

"네?"

"지금 당장 내분비학과로 튀어 가 봐. 거기 한민우 교수님이 찾으신다."

"한민우 교수님이요?"

"귀에다가 공구리를 쳤나? 몇 번을 말해!"

"네, 알겠습니다."

한민우 교수의 호출을 받은 난, 그의 연구실을 찾아갔다.

"우리 구면이지?"

"네, 교수님."

"그래, 앉지."

"네."

자리에 앉자 한민우 교수가 차를 내왔다.

"차향이 참 좋군요."

"코코넛잎으로 만든 코코넛 차야."

"그렇군요."

"자네, 이 코코넛 차가 얼마나 인간에게 유용한지 아나?"

"아뇨, 잘 모르겠습니다."

"이 차를 마시는 파푸아뉴기니 사람들은 평생 위장병 한 번 걸리지 않는다고 하더군."

"코코넛의 효과인가요?"

"그래, 맞아. 코코넛에는 라우르산이라는 성분이 풍부하게 들어 있는데, 이 성분이 항바이러스 효과가 탁월해."

"네, 세미나에서 들어 본 것 같아요."

"그래, 라우르산이 인체에 들어가면 모노라우린이란 좋은 성분으로 바뀌는데, 이 성분이 헬리코박터 파일로리균 같은 유해균들의 성장을 억제한다고 학계에 보고되고 있어."

"그렇군요."

"한마디로 코코넛은 천연 위장약이라고 할 수 있지. 하루에 코코넛잎을 우린 차를 세 번만 먹으면 위장병 걱정은 없을 거야."

"코코넛은 버릴 게 없네요. 그나저나 파푸아뉴기니 사람들은 처음부터 그걸 알았을까요?"

"글쎄다. 그냥 몸이 반응한 것 아닐까? 주변에 널리고 널린 게 코코넛이었으니 그냥 주식으로 먹었던 건데, 우연히 효능이 있었던 거겠지."

교수님, 바로 그거예요.

흔하디흔한 코코넛이 탁월한 위장약으로 쓰였듯이, 지금 교수님이 연구하신 폼페병 치료제도 멀리 있지 않습니다.

이미 교수님은 치료제를 개발해 놓으신 거나 다름없어요.

"그러네요. 우리 주변에 흔한 그 무엇이 아주 유용한 치료제가 될 수 있겠어요."

"맞아, 신약 개발이라는 게 별게 아니야. 우리 주변에 이미 존재하고 있을지도 모르는데, 다들 무에서 유를 창조하려니 힘든 거지."

"……"

"신은 우리에게 감당할 만큼의 시련을 주신다 하셨어. 감당할 만큼만."

"네, 인류는 지금까지 교수님께서 말씀하신 그런 시련들을 하나둘씩 극복하면서 발전해 온 것 같아요."

"그렇겠지. 인류는 항상 시련과 극복을 반복했으니까. 천연두부터 지금의 에이즈까지."

"맞습니다."

"그건 그렇고, 내가 자네한테 물어보고 싶은 것이 있어서 불렀네."

"네, 말씀하십시오."

"좋아, 난 말을 빙빙 돌려서 하는 거 싫어하니까, 단도직입적으로 묻겠네. 은지가 폼페병이란 걸 어떻게 알았지?"

"……."

"왜 말을 못 하지?"

"은지가 진짜 폼페병이 맞는 겁니까?"

"역시 알고 있었군."

"네, 대충 감은 잡고 있었습니다."

"그렇군. 효소 검사를 해 봐야 정확하겠지만 내가 보기엔 99% 확실해. 그건 그렇고 그걸 어떻게 알았지?"

"메일 보셨습니까?"

"메일?"

"네, 제가 익명으로 보내 드린 메일요."

"그거 자네가 보낸 메일이 맞나?"

"네, 교수님."

"이유가 뭐지? 굳이 익명의 메일을 보낸 이유 말이야."

"사실, 제가 폼페병 같은 유전병에 관심이 많아 교수님 논문이나 의학 잡지에 기고하신 글들을 자주 읽었는데, 은지가 교수님이 언급하신 증세와 비슷해서 메일을 보냈습니다."

"그렇다면 굳이 익명으로 메일을 보낼 필요가 있었을까?"

"제 신분이."

"신분?"

"네, 감히 인턴 주제에 폼페병이 의심된다고 한들, 그 누가 믿어 줄까 싶었습니다."

"나보고 직접 확인해 보라, 이 뜻이었나?"

"외람되지만, 어쩔 수 없었습니다. 경거망동했다면 죄송합니다."

"아냐, 자네를 탓하려는 게 아닐세. 그러니까 자네는 은지를 보자마자 폼페병을 의심했다는 거지?"

"우연이었습니다. 솔직히 선무당이 사람 잡는 것이 아닌가 걱정했거든요."

"허허, 이걸 어떻게 해석해야 하나? 난, 5년째 그 병을 연구하고 있었는데도 아직도 진단이 쉽지 않은데 말이야. 이거 참, 자괴감이 드는군."

"말씀드렸잖아요, 우연이었다고."

"아무리 우연이라도 그건 그렇게 간단한 게 아냐."

"아닙니다. 전, 그냥 교수님이 쓰신 논문을 참고했을 뿐입니다."

"고함이 침 발라 놓을 만해."

한민우 교수가 이마를 긁적이며 중얼거렸다.

"네?"

"아니야, 아무것도."

"아, 네. 근데 궁금한 게 있습니다, 교수님."

"뭔가?"

"은지가 폼페병을 앓고 있는 것이 맞는다면, 심장 수술도 연기해야 하는 것 아닐까요?"

"물론이야. 은지의 경우는 폼페병 중에서도 가장 예후가 안 좋은 영아형이야. 당장 심장 수술은 위험해."

"치료법은 없는 겁니까?"

"치료법이라. 자네가 내 논문을 읽었으면 어느 정도 알 수 있겠지만, 폼페병은 리소좀 내에 글루코겐이 분해되지 않고 지속적으로 축적돼 신진대사가 원활하지 않아 각종 부전을 일으키는 병이야."

"네, 대략은 알고 있습니다."

"안타깝지만 은지는 첫 생일상을 받지 못하게 될 거야."

"그렇게 심각합니까?"

"은지는 폼페병 부작용이 심장으로 왔어. 적절히 치료하지 않으면 호흡부전으로 사망할 확률이 높아."

한민우 교수의 표정이 굳어졌다.

"결국, 글리코겐을 에너지원인 포도당으로 분해하는 효소인 산성알파-글루코시다제(GAA) 결핍이 가장 큰 문제라는 거군요."

"그렇지. 그게 문제…… 이 사람이? 사람 여러 번 놀라게 하네! 그건 또 어떻게 안 거야?"

"교수님 논문에 봤습니다."

"이거 이해하기 쉽지 않은 이론인데? 뭐야, 너?"

"별거 아닙니다. 관심이 있다 보니, 공부를 하게 되더라고요. 그래서 대충 풍월을 읊어 봤습니다."

"아무리 그래도 이건 뭐, 우리 과, 대학원생들도 이해하기 힘든 건데?"

"교수님, 그게 중요한 게 아니고 그렇다면 결핍된 GAA를 어떤 방식으로든 인체에 주입하면 되지 않을까요?"

"바로 학자들이 그 부분을 연구하고 있는 거야. 하지만 그게 말처럼 쉽지 않아. 수백, 수천 차례 시뮬레이션해 봤지만 체내에서 활성화되지 않았거든."

교수님, 정답은 멀리 있지 않습니다. GAA를 주입할 수 없다면 글루코겐이 체내에 쌓이는 걸, 강제로 틀어막으면 됩니다.

전장에서 적이 침투하지 못하도록 성을 쌓는 것처럼요.

답은 샤프론(Chaperone)입니다.

샤프론.

사교계에 진출하는 어린 여자아이를 어엿한 숙녀로 돕는

도우미에서 유래된 용어다.

축적된 거대 단백질의 사슬을 끊어 항상성을 돕는 이 물질이 킬링 포인트였다.

중요한 것은 이 물질이 이미 존재하고 있다는 것.

이미 한민우 교수가 확보한 실험군에서 충분히 추출할 수 있었다.

제발 해답을 찾으시기 바랍니다.

"교수님, 혹시 서양에서 젊은 여자가 성숙한 숙녀가 되도록 시종을 드는 여자를 뭐라고 부르는지 아십니까?"

"잘 모르겠는데?"

"샤프론이라고 합니다. 프랑스어로 샤프롱이란 이 단어는 사교계 진출하는 어린 여자아이를 어엿한 숙녀로 돕는 도우미를 일컫는 말이지요."

"근데?"

한민우 교수가 고개를 갸웃거렸다.

"그냥 뭐, 그렇다고요."

그 순간, 허리에 찬 삐삐가 울렸다.

"가 봐, 응급 상황인 것 같은데."

"네, 알겠습니다. 이만 가 보겠습니다."

잠시 후.

'샤프론? 그게 그런 뜻이었나? 내가 알고 있는 것과

는…….'

고개를 갸웃거리며 컴퓨터 전원을 켜는 한민우 교수가 눈을 깜박였다.

"자, 잠깐만! 샤, 샤프론?"

한민우 교수가 스프링처럼 자리에서 튀어 올랐다.

다음 날, 흉부외과 의국.

"야, 김윤찬, 너 아주 유명 인사더라?"

레지던트 나광남이 김윤찬을 찾아와 빈정거렸다.

"네?"

"어제는 내분비 교수님이, 오늘은 고함 교수님이 널 찾으시네? 아주, 인턴 나부랭이 주제에 교수님만 상대하냐?"

"교수님이 절 찾으십니까?"

"그래, 인마. 얼른 가 봐. 고함 교수님 성질 급한 거 너도 알잖아?"

"네, 알겠습니다."

"너, 뭐냐?"

문을 열고 들어가자 고함 교수가 의자에 삐딱하게 앉아 내 몸을 훑어 내렸다.

"네?"

"너, 내분비로 가기로 마음먹었냐고?"

"네? 그게 무슨 말씀이신지?"

"한 교수한테 그랬다면서, 평소에 유전병에 관심이 많다고."

"아, 그건."

"아아! 군소린 집어치우고 내 말 잘 들어. 가든지 말든지 상관없는데, 너도 잘 알겠지만 사람들은 우리를 흉부외과라고 읽고 조폭이라고 쓴다. 이것만 명심하면 돼."

"네?"

"한마디로 한번 들어오면 죽어도 못 나간다는 거지. 정 나가고 싶으면 팔 한쪽 내놓고 가든가."

"네? 팔을요? 그게 말이……."

"그치! 못 하겠지?"

"네에, 그렇죠."

"그러니까 괜히 쓸데없는 잔대가리 굴리지 말고 내 밑에서 3년만 굴러먹어. 그러면 닌자까지는 못 되더라도 제법 칼 잘 쓰는 사무라이는 만들어 줄 테니까. 알았어?"

'하여간, 예나 지금이나 저 무데뽀 정신은 어딜 가지 않는구나.'

"네, 알겠습니다!"

"믿는다?"

"네, 교수님."

"그래, 그러면 그건 마무리됐고. 너, 앞으로 은지는 네가 맡아."

"네?"

"뭐가 네야! 무슨 말귀를 이렇게 못 알아들어? 네가 앞으로 퇴원할 때까지 은지는 맡으라고! 애 엄마한테 무슨 사탕발림을 해 놨는지, 너만 찾잖아!"

"죄송합니다."

"젠장, 허구한 날 김윤찬이 노래를 부르시더라. 어떻게 인턴 나부랭이를 담당 교수보다 더 신뢰하는 거야? 나, 이거 쪽팔려서 원!"

고함 교수가 입술을 잘근거리며 투덜거렸다.

"죄송합니다."

"죄송하긴! 됐고, 그러니까 네가 맡아."

"하지만 도건우 선생이 맡고 있는데."

"그건 네가 신경 쓸 것 없어. 도 선생한테는 내가 일러둘 테니까. 할 거야, 말 거야."

고함 교수가 손목시계를 탁탁 내리쳤다. 빨리 말하라는 뜻이리라.

"아, 네. 하겠습니다."

"그래, 그러면 그렇게 알고 나가 봐."

"네, 알겠습니다."

"그리고 앞으로 한 번만 더 한 교수가 너한테 집적대면, 바로 나한테 콜해! 아주 작살을 내 버릴 테니까."

풋.

"웃어?"

"아, 아닙니다."

"야, 내가 뭐 네가 좋아서 이러는 줄 알아? 왁꾸 튼실하겠다, 대충 말귀는 제법 알아먹는 것 같아서, 수술방 따까리로 쓸려는 거야. 몰라, 따까리?"

"아, 네, 압니다. 열심히 하겠습니다."

"누가 열심히 안 하나? 그건 필요 없고 잘해."

"네, 알겠습니다."

"그러면 나가서 일 봐. 아, 이거 받아."

툭.

고함 교수가 테이블 위에 무언가를 내던졌다.

"이게 뭡니까?"

"보면 몰라? 카드지."

"이걸 왜?"

"인마, 맨날 그렇게 컵라면으로 때우면 골병 나, 새꺄! 시간 없더라도 가끔, 갈비탕 같은 거라도 사 먹어. 의사는 밥심으로 메스 쥐는 거야."

"그렇긴 한데."

"한도 얼마 없으니까 비싼 거 처먹으면 죽는다? 이거 쓸 때마다 꼬박꼬박 문자 와!"

"안 그러셔도 됩니다……."

"괜히 감동 먹은 표정 같은 건 하지 마라. 네놈이 하도 찌질하게 하고 다녀서 적선하는 셈치고 주는 거니까."

"그래도 이건……."

"시끄러! 교수가 주면 '고맙습니다.' 하고 냉큼 받는 거지 무슨 잔소리가 그렇게 많아. 당장 가지고 꺼져, 맘 변하기 전에."

빙그르.

고함 교수가 의자를 돌려 앉았다.

"아, 네. 알겠습니다. 교수님. 잘 먹겠습니다."

"그래. 나가!"

고함 교수가 손을 내저었다.

한민우 교수의 언질이 있었음에도 불구하고 고함 교수는 끝까지 폼페병 치료제에 관한 얘기는 일언반구도 꺼내지 않았다.

어린 제자를 곤란하게 하지 않으려는 세심한 두 교수의 배려였으리라.

♥

그리고 2주 후, 흉부외과 인턴 마지막 주 차. 그토록 기다

렸던 소식이 들려왔다.

"고함 교수, 지금 당장 내 방으로 올 수 있나?"

한층 들떠 있는 한민우 교수의 목소리였다.

―왜? 무슨 일인데, 이렇게 호들갑이야.

"찾았어, 그동안 풀리지 않던 퍼즐을 드디어 맞췄다고!"

흥분한 한민우 교수의 목소리가 수화기를 뚫고 나왔다.

한민우 교수 연구실.

"어서 와, 고 교수."

한민우 교수의 호출을 받은 고함 교수가 한달음에 그의 연구실로 왔다.

"퍼즐을 풀었다고?"

"흥분하지 말고 앉아."

"내가 지금 흥분 안 하게 생겼어? 그러니까, 퍼즐을 풀었다는 게 그거지? 어?"

고함 교수가 의자를 바짝 당겨 앉았다.

"어, 그래. 일단, 이걸 좀 보고 얘기하자고."

"나 그런 거 몰라. 은지 살릴 수 있는 거야?"

"급하긴."

"급한 거 이제 알았어? 빨리 설명이나 해 봐."

"알았다고. 간단하게 설명하지면 글리코겐이 체내에 누적돼 분해되지 않아서……."

"어휴, 됐고. 까막눈인 내가 봐 봐야 이해도 못 하니까 결론만 말해."

"성질하곤! 그래, 잘하면 은지 돌상 받을 수 있을 것 같아."

"그래? 그거 정말이야? 이 녀석이 눈에 밟혀서 미치겠더니만 정말 잘됐어. 수고했어, 한 교수!"

고함 교수가 자기 일인 양, 뛸 듯이 기뻐했다.

"수고하긴. 실타래가 엉켜서 헤매고 있을 때, 자네가 그렇게 아끼는 김윤찬, 그 녀석이 결정적인 힌트를 줬어."

'내가 왜 풀려 했을까? 그냥, 잘라 버렸으면 됐을 것을.'

한민우 교수가 고개를 갸웃거렸다.

"그래? 소 뒷걸음치다 쥐 잡은 꼴은 아니고?"

"아니, 그렇게 대충 덤빈다고 해결될 정도로 간단하진 않아. 아무튼, 김윤찬 이 녀석, 탐나는 녀석이야. 데려다 차근차근 가르치면……."

"한민우, 너 죽고 싶냐? 내가 말했지, 내 밥에 숟가락 얹을 생각 말라고!"

희번덕거리는 눈이 정말 주먹이라도 날릴 기세였다.

"아이고야, 무섭네. 그러다가 친구 죽이겠네?"

"그러니까 주둥이 조심해. 이 바닥에도 상도라는 게 있는 거야."

"알았다고. 눈에 힘이나 풀어! 눈알 부러지겠다, 새꺄."

"의사라는 새끼가 한다는 소리하곤. 눈에 뼈가 있냐, 부러지게?"

"말이 그렇다는 거지."

"그나저나 정말 다행이야. 그러면 바로 치료 들어가도 되는 건가?"

잠시 후, 흥분을 가라앉힌 고함 교수가 물었다.

"아니, 그게 문제가 좀 있어."

"무슨 문젠데? 사람 목숨 살리는 데 걸리적거릴 게 뭐야?"

"법이 그래."

"법? 그게 뭐?"

고함 교수가 미간을 잔뜩 찌푸렸다.

"이게 지금 당장이라도 쓸 수 있도록 베이스는 탄탄하게 갖춰 놨는데, 치료제로 인정을 받으려면 시간이 좀 걸려."

"……얼마나?"

심각한 표정의 고함 교수.

"후우, 아무리 짧게 잡아도 지금부터 3년은 걸릴 거야."

한민우 교수가 아쉬워하며 고개를 떨궜다.

"뭐? 3년? 장난해? 당장 오늘내일하는 아이한테 3년 뒤가 존재해?"

"내 말이. 그러니까 그게 문제라고 하잖아."

"미치겠군. 뭐 이런 개떡 같은 법이 다 있어? 사람이 죽어 가는데, 약이 있어도 쓸 수가 없다니."

쾅, 고함 교수가 주먹으로 테이블을 내리쳤다.

"법이란 게 원래 그래."

"이런 젠장!"

고함 교수가 두 주먹을 불끈 쥐었다.

"나도 어쩔 수 없어."

"좋아! 그거 어기면?"

고함 교수가 옷소매를 돌돌 말아 올렸다.

"그거야, 의료법 위반으로 전과자 되는 거지."

"그게 다야?"

고성 교수가 짙은 눈썹을 꿈틀거렸다.

"그게 다라고? 야, 그게 대수롭지 않아 보여? 고함아, 깜빵 간다고, 깜빵!"

"그거 잘됐네. 가뜩이나 나보고 조폭 두목이니 보스니 하면서 찧고 까부는데, 최소한 별 몇 개는 달아야 가오가 서는 거 아냐?"

"이 사람이? 지금 장난할 때야? 그러다가 의사 면허 취소되는 수가 있어. 그렇게 단순하게 볼 일이 아니라고."

"너, 내가 장난하는 걸로 보여?"

"……."

괜한 소리가 아닌 걸 누구보다 잘 아는 한민우 교수이기에 아무 말도 하지 못했다.

"한 교수, 지금부터 내 말 잘 들어! 난, 미치도록 사람 살리고 싶어서 메스 잡은 인간이야."

"알아, 인마."

"그런데 내 눈앞에서 어린 생명이 꺼져 가는데, 그걸 두고 보라고? 게다가 살릴 수 있는 방법이 있는데?"

"법이 그렇다고 하지 않아?"

"의사 면허? 개나 주라고 해. 평생 감방살이 한다 해도, 그렇게는 절대로 못 해. 자네가 못 하면 내가 할게. 자네는 빠져."

농담이 아니었다. 고함 교수의 성정으로 볼 때, 그렇게 하고도 남을 사람이었다.

"정말 해 보겠다는 거야?"

꿀꺽, 한민우 교수가 마른침을 삼켰다.

"물론이야. 일단, 아이부터 살리고 봐야 할 것 아냐? 법적인 건 나중 일이고."

"진짜?"

"장난하나? 쫄리면 뒈지시든가."

"좋아! 한번 해 보지 뭐. 설마하니 전도유망한 교수 두 사람을 감방에 처넣겠어? 최소한 병원에서 비싼 변호사라도 하나 붙여 주겠지. 해 보자고, 까짓것!"

한민우 교수가 어금니를 악다물었다.

"뭐? 전도유망한 두 교수? 웃기시네. 너는 모르겠고 나 때문에라도 병원에서 어떻게든 막아 줄 거야. 내가 우리 병원,

에이스니까."

"이 인간이? 터진 입이라고 그렇게 함부로 말할래?"

"한 교수, 너 무슨 피해 의식 있냐? 인정할 건 인정해. 학부 때도 항상 보면 나한테 열등감이 있는 것 같더라?"

"뭐 이 새꺄?"

한민우 교수가 발끈하며 나섰다.

"워워, 농담이야, 농담! 무슨 개그를 그렇게 다큐로 받아들여?"

"흠흠, 아무튼 말조심해! 학부 땐, 내가 너보다 훨씬 공부 잘했어."

"네네, 알아 모시겠습니다. 그나저나, 이제부턴 어떻게 해야 하는 거야?"

"음, 일단 은지 부모님을 먼저 설득을 해야지. 그러고 나서, 원장 만나 담판을 짓는 것이 순서야."

"그래, 그러면 쇠뿔도 단김에 빼랬다고 지금 당장 은지 부모님한테 가 보자고."

"그래, 아무튼 쉽지 않은 싸움이 될 거야. 각오 단단히 하는 게 좋아. 원장이 절대 허락할 리가 없다고."

"각오? 그거 먹는 거냐? 난, 수술방 들어갈 때마다 언제나 목숨 내놓고 들어가. 저 환자 못 살리면, 나도 죽는다. 그런 게 각오야."

"하여간 너란 인간은 별종이다, 별종! 김윤찬, 이 녀석도 너 닮으면 안 되는데."

"걱정 마라. 인턴 나부랭이가 심장에 바늘 꽂는 걸 보니까, 그 녀석도 내 과야."

"하여간, CS(흉부외과)에는 싸패들만 처모여 있다니까, 쯧쯧쯧."

한민우 교수가 어이없다는 듯이 고개를 내저었다.

"쓸데없는 소리 그만하고 당장, 애 엄마한테 가 보자고. 앞장서."

"알았다. 뭐 될 대로 되라지."

한민우 교수가 천천히 자리에서 일어났다.

❤

같은 시각 은지 병실.

"어머님, 저 오늘이 마지막이네요."

"정말요?"

아이 엄마의 목소리에 아쉬움이 잔뜩 묻어 있었다.

"네, 원래 인턴은 한 달에 한 번씩 과가 바뀌거든요."

"그러면 우리 은지 이제 못 봐 주시는 건가요?"

"아뇨, 그런 건 아니고, 같은 병원에 있으니까 자주 찾아올게요. 요 녀석, 눈에 밟혀서 가만있지 못해요. 보고 또 보고 싶은 녀석이거든요, 우리 은지는."

곤히 자고 있는, 아니 뱀처럼 기다란 관에 의지해 쌕쌕거리며 간신히 버티고 있는 녀석이 안타까웠다.

"고마워요, 선생님. 그동안 우리 은지 신경 써 주느라 고생 많으셨어요."

긴 간병 생활에 지쳤는지 아이 엄마의 얼굴이 말이 아니었다.

"에이, 아니에요. 오히려 은지 때문에 제가 위안을 많이 받아요. 그나저나 오늘이 은지 백일 아닌가요?"

"어머? 그러네요! 오늘이 은지 백일 맞아요! 깜박 잊고 있었는데……."

아이 엄마가 벽에 걸린 달력을 확인하고는 화들짝 놀랐다.

"당연하죠. 아이 간병이 어디 쉽나요? 그럴 수도 있죠."

"아니에요. 엄마가 돼 가지고, 새끼 백일을 깜빡하다니!"

"그래서 말인데요. 저희가 작은 선물을 하나 준비했어요."

"선물요? 이렇게 기억해 주시는 것만으로도 고마운 일인데."

"헤헤, 별거 아니에요. 저희가 바빠서 좋은 건 못 하고 간단하게나마 준비한 게 있거든요."

"뭘 준비하셨다는 건지?"

"보시면 알아요. 이제 들어오실 때가 됐는데?"

바로 그때였다.

"은지 공주님, 백일 축하합니다!"

홍순진 선배가 커다란 롤 케이크에 초를 꽂아 들고 들어왔다.

"어머님, 왔네요. 저희가 바빠서 백일 떡은 못 맞추고 구내매점에서 사 왔어요. 죄송해요."

"……"

왈칵.

아이 엄마가 그동안 참아 왔던 설움을 참지 못하고 쏟아냈다.

"어머니, 이렇게 좋은 날, 우시면 어떡해요?"

홍순진 선배가 달려와 그녀의 어깨를 어루만졌다.

"고, 고맙습니다, 선생님!"

흑흑흑.

홍순진 선생의 품에 안긴 아이 엄마가 어깨를 들썩였다.

"어머님, 은지 꼭 나을 거예요. 제가 장담합니다."

"가, 감사합니다, 선생님."

"어머님이 힘을 내셔야죠. 윤찬 쌤 말대로 은지는 곧 건강해질 거예요. 그리고 이거."

홍순진이 아담한 사이즈의 쇼핑백 하나를 아이 엄마에게 건네주었다.

"이, 이게 뭔가요?"

"김윤찬 선생이 부탁해서 산 건데, 맞으려나 모르겠네요. 돌잔치 때, 못 갈 것 같아서 미리 사 왔어요. 신발이에요. 잘 어울릴 것 같은데."

홍순진이 사 온 건, 앙증맞은 리본이 달린 핑크색 신발이었다.

"서, 선생님!"

"아이고야, 이러다가 홍수 나겠어요. 어머님, 고정하세요."

홍순진이 아이 엄마의 등을 토닥거려 주었다.

"감사합니다! 다들, 정말 감사합니다. 우리 아기, 정말 돌잔치를 할 수 있을까요?"

아이 엄마의 목이 잔뜩 메어 있었다.

"그럼요! 홍 선생님은 못 가시더라도 전 반드시 갈 거예요. 그때쯤 되면 아장아장 걷겠네요. 맞죠?"

"고맙습니다. 정말 고맙습니다. 이 은혜는 평생 잊지 않을게요."

아이 엄마가 옷소매로 눈물을 훔쳐 냈다.

"지금 다들 여기서 뭐 해?"

그 순간, 고함 교수와 한민우 교수가 방으로 들어왔다.

"오늘이 은지 백일이라서 조촐하게 축하 파티 하고 있었습니다."

"고래? 그러면 나도 가만있을 순 없지! 홍 선생, 지금 당장 가서 은지가 돌잔치에 입을 예쁜 옷 좀 사 오지? 거, 뭐냐? 아이들 돌잔치 보면 드레스 같은 거 입더라고."

고함 교수가 주섬주섬 주머니에서 지갑을 꺼내 들었다.

"교수님, 그건 돌잔치 대행해 주는 업체에서 빌려주는 거예요, 사는 게 아니라."

"그, 그런가?"

고함 교수가 민망한 듯 뒷머리를 긁적거렸다.

하하하!

오랜만에 병실에서 폭소가 터져 나왔다.

잠시 후.

"두 사람은 이제 그만 나가 보도록 하지. 내가 아이 엄마와 긴히 할 얘기가 있으니."

그렇게 조촐한 은지의 백일 파티가 끝난 후, 한민우 교수가 나지막한 목소리로 말했다.

"네, 교수님! 윤찬 쌤, 우린 그만 가 보자고."

"네, 선배님."

"윤찬아, 이제 어디로 갈 거야?"

"네, 의국으로 가야죠."

"그래? 그러면 난 207호에 가 봐야 하니까, 먼저 갈게."

"네, 선배님! 오늘 고마웠어요."

"고맙긴! 네 마음 씀씀이가 하도 예뻐서, 나도 기분 좋았어. 그 마음 천년만년 변치 마라. 하여간 넌, 사람 마음을 움직이는 묘한 매력이 있다니까?"

"뭘요."

툭툭.

홍순진이 내 어깨를 가볍게 두드려 주었다.

어디 보자.

두 분 교수가 함께 아이 엄마를 만나러 왔다는 건, 드디어 한민우 교수가 마지막 퍼즐을 맞췄다는 뜻일 터.

정말, 수고하셨습니다, 한 교수님!

그렇다면 이젠 내가 나설 때가 된 건가?

💔

늦은 밤, 난 한민우 교수의 연구실을 찾았다. 여전히 교수실은 환하게 불이 켜져 있었다.

"교수님, 저 김윤찬입니다. 들어가도 되겠습니까?"

"그래, 들어와."

"아직 퇴근 안 하셨네요?"

"뭐, 의사가 별도의 퇴근 시간이 있나? 일 끝나는 시간이 퇴근 시간이지. 그건 그렇고 무슨 일인가?"

"네, 외람되지만, 교수님께서 은지를 찾아오신 이유가 궁금해서요."

"그게 궁금했구먼."

"네, 교수님. 실례가 되지 않는다면 말씀해 주실 수 있으시겠습니까? 너무 궁금해서 못 참겠습니다."

"그래, 자네가 은지를 얼마나 아끼는지 모를 사람은 없을 테고, 굳이 숨길 이유도 없어. 자네 덕분에 폼페병 치료의 새로운 길이 열릴 수 있을 것 같네."

"정말입니까?"

"그래, 잘된 일이긴 한데……."

한민우 교수가 말끝을 흐렸다.

"무슨 문제라도 있습니까?"

"아니, 아무것도 아닐세. 자네까지 신경 쓸 일이 아니야."

당연히 법적인 문제겠죠. 신약이라고 함부로 쓸 수 있는 게 아니니까.

"외람되지만 의료법 문제 때문입니까?"

"뭐야? 내 얼굴에 뭐라도 써져 있는 거야, 아니면 독심술이라도 부리는 거야?"

"독심술 같은 건 없습니다. 일반적으로 신약이 개발돼 적용하기까지 상당한 시간이 걸린다는 건 상식이잖아요."

"허허, 자네가 고 교수보다 백배 낫군. 맞아, 의료법이 걸림돌이야. 그게 문제라고."

한민우 교수의 안색이 어두워졌다.

"그렇군요. 그러면 어떻게 하실 생각이신지요?"

"자네 스승인 고함 교수는 무조건 밀어붙이자고 하는데, 그게 어디 말처럼 쉬운 일인가? 지금의 나로선 뾰족한 수가 떠오르지 않아."

"……."

"아이를 살릴 수 있는 길이 있는데 외면할 수도 없고, 병원 입장을 고려해 보면 그냥 밀어붙일 수도 없고. 그야말로 진퇴양난이야."

"교수님, 외람되지만 제가 질문을 하나 드려도 될까요?"

"그래? 해 봐."

"혹시, 낚시를 좋아하십니까?"

"낚시? 가끔, 바다낚시를 나가곤 하는데, 그건 왜?"

"그러면 바다에서 투망으로 고기를 잡으면 불법일까요, 합법일까요?"

"글쎄다. 애매모호하네? 불법일 것 같기도 하고 아닌 것 같기도 하고."

"그렇죠? 불법일 수도 있고 아닐 수도 있겠죠."

"그래, 그런데 그걸 왜 묻는 거지?"

"우리나라 수산자원법에는 비어업인의 포획, 채취를 제한하고 있죠. 그래서 비어업인이 고기를 잡을 수 있는 몇 가지 방법을 명시해 뒀어요. 손이나 외줄낚시 등등. 거기에 투망도 포함되어 있죠."

"그럼 합법이라는 소린가?"

"아뇨, 꼭 그렇지만은 않습니다. 투망을 쓸 수는 있지만, 잠수용 스킨스쿠버 장비를 사용하면 불법이에요."

"뭐가 이렇게 복잡해? 그런데 그 얘기를 지금 왜 하는 거야?"

"교수님, 스킨스쿠버 장비를 쓰든 그냥 잠수를 하든 목적은 고기를 잡는 것 아닙니까? 결국 스킨스쿠버 장비만 이용하지 않으면 되는 겁니다. 안 그런가요?"

"그렇겠지."

여전히 무슨 뜻인지 알 수 없는 표정의 한민우 교수였다.

"그렇다면 은지도 치료 목적이 아니기만 하면 되는 것 아닌가요? 우리나라 의료법엔 분명히 '검증되지 않은 신약의 경우, 치료 목적의 사용을 금한다.'라고 되어 있으니까요! 반대로 해석해 보면 치료 목적이 아니라면 사용해도 괜찮은 거라고 해석되는데요?"

"그게 그렇게 되나?"

"네, 고기를 잡을 때, 꼭 스킨스쿠버를 장비를 갖추고 잡을 필요는 없듯이요."

"그, 그래, 맞아. 자네 말을 듣고 보니 그럴싸해. 가만있어 보자……. 자네 혹시?"

한민우 교수가 눈을 가느다랗게 떴다.

"임상 연구!"

"임상 연구!"

동시에 뒤섞인 높낮이가 다른 두 개의 목소리가 섞였다.

"맞아! 자네 말대로 치료 목적이 아닌 임상 연구 방식이라면, 어쩌면 가능할지도 모르겠는걸."

한민우 교수의 목소리가 미세하게 떨렸다.

"네, 맞습니다. 임상 연구라는 명목하에 허가를 받으면, 치료할 수 있는 길이 열릴 겁니다."

"그거, 아주 굿! 베리 굿이야! 근데 말이야, 그것도 문제가 있어."

"무슨?"

"그래, IRB(임상연구심의위원회)에서 임상 연구를 허락한다고 해도 그게 권고 사항일 뿐, 법적인 효력은 전혀 없거든. 당국에서 브레이크를 걸자고 들면 어쩔 수 없어."

"그렇긴 하죠."

"그렇게 되면 병원 입장에서도 부담스러운 일이거든. 분명 좋은 방법이긴 하지만 넘어야 할 산이 한두 개가 아냐."

"교수님, 양화대교가 막히면 마포대교로 가면 되고, 거기도 막히면 성산대교로 가면 됩니다."

"그게 무슨 뜻이지?"

"J. D. I(Johns Hopkins DNA Research Institute : 존스 홉킨스 유전자 연구소)에 임상 연구를 의뢰하면 어쩌면 가능할지도 모릅니다."

"뭐? 존스 홉킨스에?"

"네, 존스 홉킨스 유전자 연구실의 심슨 브룩스 교수가 폼페병 분야, 세계 최고의 권위자라고 알고 있습니다. 유전병으로 고생하는 환자들을 위해 많은 노력을 기울이고 있다고 들었거든요."

"심슨 브룩스? 당연히 그렇기는 하지. 지금까지 폼페병의 모든 대체 치료제는 그분이 개발하셨으니까."

"네, 맞습니다. 우리나라보단 그쪽이 임상 연구를 위한 인프라가 잘 갖춰져 있으니까요. 게다가, 존스 홉킨스와 협력 체계를 구축한다면 홍보 차원에서 병원도 마다할 이유가 절대 없죠."

"기가 막힌 생각이긴 한데, 브룩스 교수가 우리 제안을 받아들일까?"

한민우 교수의 표정이 조금은 밝아진 듯했다.

물론이죠. 브룩스 교수는 5년 후에 교수님이 의학 전문지, 메디슨에 실은 논문에 감화돼 교수님을 존스 홉킨스로 초청했으니까요.

"해 보지도 않고 포기하실 필요는 없습니다. 제가 지식이 짧아 교수님의 논문을 100% 이해할 순 없으나, 지금 교수님이 이루신 성과만으로도 충분히 설득력이 있으리라 생각합니다."

"……그래! 지금, 이것저것 따질 상황은 아니지. 지푸라기라도 잡을 수 있으면 잡아야지."

"맞습니다!"

"그래, 은지를 J. D. I로 데리고 갈 수만 있다면, 우리나라에서 치료하는 것보다 백배 낫지. 좋아! 달걀로 바위 한번 쳐

보자고."

교수님, 달걀로 바위 치는 게 아닙니다. 어쩌면 바위로 달걀 깨는 일만큼 쉬운 거예요.

훗날, 교수님의 폼페병 치료 개발을 전폭적으로 지지해 줄 분도 바로 그분이거든요.

반드시, 임상 연구를 허락하실 겁니다.

"네, 교수님! 희망을 버리지 말아 주십시오. 은지, 꼭 살려야 합니다."

"그래, 알았어. 그나저나, 자네 정말 우리 내분비학과로 올 생각은 없나? 아무리 생각해도 자네를…… 내가 가져야겠어!"

"교수님, 저 팔 잘립니다. 안 돼요!"

"무지막지한 인간! 그러고도 남을 인간이야, 고함 그 인간은."

"네네, 충분히 그러실 분입니다."

"알았어, 그냥 해 본 소리야. 아무튼, 자네한테 또 신세를 지게 되는구먼?"

"아뇨, 아뇨. 제가 뭘 한 게 있다고요. 아무튼 교수님, 천사 같은 녀석, 꼭 좀 살려 주십시오."

"그래, 최선을 다해 봄세."

한민우 교수가 입을 굳게 다물었다.

웅이 아빠

그렇게 한민우 교수는 자신이 개발한 폼페병 치료제에 관한 모든 사항을 담아 존스 홉킨스 유전자 연구소에 보냈다.

그리고 2주일 후, 드디어 존스 홉킨스에서 은지를 치료해 주겠다는 연락이 왔다. 그것도 전액 무상으로 말이다.

"어머니, 우리 은지 이제 살길이 열렸습니다."

"감사합니다. 정말 감사합니다, 교수님!"

"아뇨, 전 아무것도 한 게 없습니다. 저기 김윤찬 선생이 다 한걸요."

한민우 교수가 모든 공을 내게 돌렸다.

"선생님, 이 은혜는 절대로 잊지 않겠습니다."

"아니에요, 어머니. 제가 뭐 한 게 있다고요."

"아뇨, 선생님 아니었으면, 저 벌써 무너졌을 거예요. 선생님 덕분에 지금까지 버텨 냈습니다, 흑흑흑."

아이 엄마가 흐느껴 울었다.

"네, 저도 저 녀석 때문에 힘든 인턴 생활 버텨 낼 수 있었어요. 이제 아무 걱정 마세요."

"네, 고마워요, 정말!"

"캬! 감동적인 장면 아니냐?"

고함 교수가 어깨로 한민우 교수를 툭 건드렸다.

"그러게."

"후, 그러면 우리 이젠 깜빵 안 가도 되는 거냐?"

고함 교수가 나지막이 속삭였다.

"왜? 별 두세 개는 달아야 가오가 선다며?"

"미쳤냐? 그냥 해 본 소리지."

"하여간 꼴통 같은 새끼."

한민우 교수가 혀를 차며 고개를 내저었다.

전생과는 달리 은지도 고함 교수도 아무 일이 생기지 않았다.

♥

그렇게 시간이 흘러, 나는 소아과, 이택진은 내과를 돌 차례였다.

"윤찬아, 나 아주 뒈지는 줄 알았어. 무조건 정형외과에는 오지 마라. 여긴 지옥이야, 불지옥."

오랜만에 하늘공원에서 이택진을 만나 음료수를 마셨다.

"그렇게 힘드냐? 나 다음이 정형외과인데?"

"그냐? 아주 죽었다고 복창해라."

"왜?"

"야, 팔다리 부러진 환자들, 주둥이는 쌩쌩하잖아. 밤마다 족발에 순대에 술까지, 아주 가관이야, 가관. 어떤 인간은 링거에 소주 담아 주면 안 되냐는 인간도 있어."

"그래? 그거 신박하네."

"신박해? 더 어처구니없는 거 말해 줄까? 지금 생각해도 소름이 좍좍 끼친다."

"뭔데?"

"어떤 환자는 정수기 통에 소주를 넣어 먹어. 그게 냉장고에 넣어 두는 것보다 시원하다고."

"윽, 그건 좀 심했네!"

"나도 처음엔 설마 했다. 근데, 진짜 그렇게 해서 처마시더라. 이게 인간이냐, 괴물이냐?"

이택진이 어이가 없다는 듯이 혀를 내둘렀다.

"진짜 어이 상실이네."

"그렇지? 아주 개판이야."

"그나저나, 진상남 선배는 요즘도 너 괴롭혀?"

"그 진상 얘기는 꺼내지도 마라. 코가 개코라 얼마나 냄새를 잘 맡는지, 병실에서 음식 냄새가 조금만 나도 바로 옥상으로 집합시켜. 자기도 1년 차인 주제에 갑질도 그런 갑질이 없다. 아주, 보기만 하면 살인 충동이 든다니까."

이택진이 어금니를 악다물었다.

"그래, 잘 새겨 두마."

"그나저나 오늘이 너희 아버지 기일 아니냐?"

"응, 그걸 어떻게 알았냐?"

"당연하지. 네 아버지면 우리 아버지나 마찬가지지. 엄마가 아버님 제사상에 올리라고 음식 좀 싸 주셨어. 너희 엄마, 허리도 안 좋으시잖아."

어머니는 얼마 전에 계단에서 미끄러져 허리를 다치셨다.

"뭘 이런 걸 다?"

"인마, 우리 엄마 앓아누우면, 넌 그냥 구경만 할래? 쓸데없는 공치사나 받겠다고 이러는 거 아니니까, 신경 쓰지 마."

"그래, 고맙다. 어머님한테도 고맙다고 전해 드리고."

"네가 해, 인마. 울 엄마, 아들보다 널 더 챙기잖아."

"그래, 바로 전화드릴게."

"그래, 오늘도 파이팅하자."

이택진이 마시고 있던 캔 커피를 들어 올렸다.

"그래, 치얼스."

그렇게 한 달간의 새로운 인턴 수련이 시작되었다.

소아과 의국.

내가 배정받은 곳은 소아과. 의국에 들어가니 완전 여탕이었다.

소아과에 배정받은 인턴 세 명도 나를 제외하면 모두 여자였다.

연희병원은 소아과에 유독 여선생들이 많았다.

수군수군. 웅성웅성.

"와, 이거 미쳤다. 얼굴 시커먼 녀석들하고만 지내다가 여길 오니까 장난 아니군."

여기저기서 쏟아지는 그녀들의 시선. 뒤통수가 뜨거워졌다.

"김윤찬 선생, 완전 청일점이네?"

소아과 레지던트 1년 차 윤이나였다. 귀남이를 통해 안면을 튼 정도였지만, 이것도 인연이라고 무척이나 반가웠다.

"네."

"할 만해요?"

"네, 아뇨. 온 지 얼마 안 돼서 적응이 좀."

"힘들다는 소리로 들리네?"

"그냥요."

"지금부터 나랑 5층에 좀 같이 가야 할 것 같은데, 괜찮겠어요?"

"물론이죠."

"일어나요, 그럼."

"네, 선배님."

휴, 다행이네. 불편했는데.

난 번개 같은 속도로 자리에서 일어났다.

잠시 후, 난 윤이나와 함께 5층 소아과 병동으로 자리를 옮겼다.

"나이는 만 3세. 이름은 허웅. 남자아이. 폐렴으로 입원한 앤데 염증도 거의 다 가라앉아서, 며칠 있으면 퇴원할 수 있어요."

윤이나가 간략히 환자에 대해 설명했다.

"네."

"그나저나, 윤찬 쌤은 주사 잘 놓나요?"

"그럭저럭요."

"정말? 그거 잘됐네요. 그러면 우리 웅이 좀, 김 선생님한테 맡겨도 될까요?"

"그러죠 뭐."

"정말? 허웅이 맡을 수 있겠어요?"

"네, 못 맡을 거야 없죠."

"쉽지 않을 텐데?"

"개구쟁이인가요?"

"뭐, 그것도 그렇지만 아무튼 그런 게 좀 있어요, 쬐금."

윤이나가 엄지 끝을 검지 끝마디에 살짝 붙였다 뗐다.

"어린앤데요, 뭘."

"그래요? 그 자신감 높이 살 만하긴 한데, 과연 김 선생이 감당할 수 있을까요?"

호호호, 윤이나가 고개를 비스듬히 세우며 입가에 알 수 없는 미소를 지었다.

뭐 어렵겠니? 그런 애 다루는 데 쓰는 특효약이 따로 있거든.

"한번 해 보죠."

"그래요? 어디 두고 보죠!"

드르륵.

윤이나와 난 미닫이문을 열고 병실 안으로 들어갔다.

"웅아, 나와. 왜 거기에 들어가 있는 거야, 의사 선생님 오셨잖아."

"싫어, 절대 밖으로 안 나갈 거야."

문 여는 소리만 들려도 누군지 감각적으로 알아차리는 녀석.

병실 문을 열고 들어가자 윤이나가 걱정한 이유를 단번에 알 수 있었다. 녀석이 병실 침대 밑으로 기어 들어가 나오지 않았다.

침대 밑으로 들어간 녀석이 잔뜩 몸을 웅크린 채, 엄마와 대치 중이었다.

"웅아, 선생님이야. 쌤이 막대 사탕 가져왔는데, 안 먹을래?"

윤이나가 주머니에서 막대 사탕을 꺼내 침대 밑으로 내보였다.

"싫어, 주사 할라고 그러는 거잖아. 절대 안 나가."

"웅아, 빨리 주사를 맞아야 퇴원할 수 있어. 딱 한 번만 맞으면 안 될까?"

"거짓말! 지난번에도 그랬잖아 내가 속을 줄 알고?"

영악한 녀석이 침대 밑에서 꿈쩍도 하지 않았다.

"어떻게, 도전해 보실래요? 저는 도저히 감당이 안 되네요. 며칠 전에도 3시간을 실랑이를 벌이다 포기했어요."

윤이나가 어깨를 으쓱거렸다

"한번 해 보죠."

"할 수 있겠어요?"

"뭐, 하는 데까진 해 봐야죠. 바쁜데 마냥 이러고 있을 수는 없잖아요. 주사기 줘 보세요."

"훗, 건투를 빌어요."

"용감한 어린이의 친구, 우리 우리 호빵맨. 세균맨 혼내 주는 우리 호빵맨!"

만화영화 주제가로 예열을 시작했다.

"호빵맨? 에효, 그건 나도 수십 번도 더 해 봤어요. 그런 걸로는 어림도 없을걸요. 그 정도로 넘어갈 정도면 천하의 허웅이 아니죠."

풋 하고 윤이나가 코웃음을 쳤다.

"나는 세균맨이다! 어쩔래?"

난 침대 밑으로 얼굴을 내밀었다.

"쳇, 누가 속을 줄 알고?"

"웅이 몸에 세균맨이 잔뜩 들어 있는데도?"

"걱정 안 해. 이게 나를 지켜 줄 거거든?"

녀석이 호빵맨, 인형을 들어 보였다.

"자꾸 이러면 짤랑이는 싫어할 텐데?"

짤랑이는 호빵맨에 나오는 여자 캐릭터였다.

"짤랑이?"

"어! 짤랑이는 용감한 사람을 좋아한대. 그리고 침대 밑은 더럽잖아. 짤랑이는 몸에 먼지 묻은 사람은 싫어하거든."

"정말?"

"그럼, 아저씨가 짤랑이랑 얼마나 친한데?"

"진짜야?"

"당연하지. 세균도사한테 물어봐."

"세균도사도 알아?"

"그럼, 세균도사도 나랑 친해."

"정말?"

"당연하지. 그러니까 일단 밖으로 나올래?"

"알았어, 그럼."

어이없게도 녀석이 밖으로 기어 나왔다.

윤이나가 신기한 듯 녀석과 협상을 벌이는 날 뚫어져라 쳐다봤다.

"세균 대마왕도 알아?"

"당연하지. 우당탕하고 깜깜 먼지도 다 알지."

"와!"

동질감을 느꼈는지, 어느새 녀석이 경계를 풀어 버렸다.

"저 선생님 대단한데요? 우리 애가 저 선생님 무릎 위에 앉았어요!"

아이 엄마가 신기한 듯, 윤이나에게 귓속말을 했다.

"웅이가 저런 적이 없었잖아요."

"네, 저도 처음 보는데요?"

"주사 맞는 게 싫어?"

어느새 녀석이 내 무릎 위에 앉았다.

"응."

"왜?"

"아프잖아."

"주사 안 맞으면 아야 하는데?"

"그래도 싫어."

"그럼 주사가 안 아프면 되겠네?"

"에이, 어떻게 안 아파?"

"웅이 오싹 박사 알지?"

"응."

"선생님이 가지고 있는 주사기는 오싹 박사가 발명한 건데, 하나도 안 아파."

"진짜?"

"그럼, 이것 봐, 바늘도 없잖아."

주삿바늘을 빼낸 빈 주사기를 내보였다.

"진짜네?"

녀석이 신기한 듯 눈을 크게 떴다.

"안 아프겠지?"

"응."

"그러면 주사 한번 맞아 볼래?"

"응."

"좋아, 간다!"

"머리, 어깨, 무릎, 발, 무릎, 발, 무릎, 발."

난, 노래를 흥얼거리며 녀석의 어깨, 머리, 무릎에 주사를 놓는 시늉을 했다.

"안 아프지?"

"어, 신기해. 하나도 안 아파!"

"그렇지? 이게 요술 주사기라 하나도 안 아파."

"진짜 신기하다."

"선생님, 저 선생님, 보통이 아닌데요? 애, 한 서너 명은 키워 본 솜씨네요."

"그러게요. 총각인 줄 알았는데, 아닌가 보죠."

윤이나가 흐뭇한 미소로 지켜보고 있었다.

"머리, 어깨, 무릎, 발, 무릎, 팔."

난 그렇게 아이가 정신이 팔려 있는 사이 한 손을 뒤로 보내 재빠르게 바늘을 끼웠다.

푹.

그러고는 냅다 주삿바늘을 꽂아 버렸다.

"어? 어?"

웅이는 뭔가 이상했는지 눈만 깜박거릴 뿐이었다.

"왜?"

"어? 이상한데?"

"뭐가 이상해?"

"아닌데? 뭔가 이상한데?"

녀석이 고개를 갸웃거렸다.

"에이, 아무것도 아냐. 우리 호빵맨 노래 부를까?"

"응, 알았어."

"용감한 어린이의 친구, 우리 우리 호빵맨. 세균맨 혼내 주는 우리 호빵맨!"

미션 성공.

난 윤이나에게 오케이 사인을 보냈다.

헐, 그녀가 허탈한 미소를 지었다.

"이런 건 어디서 배웠어요?"

윤이나가 어깨를 맞대며 물었다.

"그냥, 의사로서 본능이죠."

"본능?"

"네, 아이한테 가장 중요한 건, 동질감을 보여 주는 거예요. 녀석이 서로 같은 곳을 보고 있다고 확신하는 순간, 그다음부터는 땅 짚고 헤엄치기죠."

"아."

"피상적으로 호빵맨 사탕이나 인형 가지고 환심을 사려 했다가는 어림도 없어요."

"와, 정말 대단하네요."

"뭘요."

"웅아!"

그 순간, 아이 아빠 허민호가 문을 열고 들어왔다.

"아빠!"

"잘 있었어, 우리 웅이?"

"응, 아빠! 나 오늘 주사 맞았는데, 하나도 안 아팠다?"

"정말? 우리 웅이가 주사를 맞았다고?"

"응, 저 선생님이 하나도 안 아프게 놔 줬어."

"그래? 웅아, 잠시만!"

"놀랍네요. 우리 애가 주사를 다 맞다니? 다른 의사 선생님들은 전부 포기하셨거든요. 별난 우리 아이 때문에 고생하셨죠? 너무 감사합니다."

아이 아빠가 정중히 인사했다.

"별나긴요? 순하기만 한데요."

"아이고, 우리 웅이가 순하다는 소린 선생님한테 처음 듣네요."

"그런가요?"

"그럼요. 엄청 말썽꾸러기예요."

"어휴, 왜 이렇게 등이 배기지?"

갑자기 아이 아빠가 주먹으로 자신의 등을 두드리기 시작했다. 한 손엔 붙이는 파스를 든 채로.

"웅이 엄마, 이거 좀 붙여 줘."

"왜요? 잠을 잘 못 잤어요?"

"그런가 봐. 등이 송곳으로 쑤시는 것처럼 아프네?"

"정형외과에 가 보는 게 낫지 않을까요?"

"무슨. 그냥 근육통일 거야. 파스 붙이면 나아."

허민호가 대수롭지 않다는 듯이 손을 내저었다.

"알았어요."

등이 송곳으로 찌르듯 아프다고?

하지만 허민호를 바라보는 내 생각은 조금 달랐다.

"아버님, 등이 어떻게 아프세요?"

"아, 네. 오늘 몇 시간 전부터 등이 송곳에 찔린 것처럼 쑤시네요?"

일반적으로 잠을 잘못 자거나 운동을 심하게 했을 경우, 등 통증의 양상은 대개 결린다거나 뻐근하다가 정상이지 송곳으로 찌르는 것처럼 아프지는 않는다.

"혹시 이곳이 아프나요?"

난 허민호의 견갑골(날개 뼈) 사이를 짚어 봤다.

"아! 아파요. 너무 아파요! 칼로 찌르는 것 같네요!"

그러자 허민호가 인상을 잔뜩 찌푸렸다.

"혹시, 여기도 아프신가요?"

난 허민호의 배를 눌러 보았다.

"네, 콕콕 쑤시는 것처럼."

이 사람, 단순히 근육통이 아닐 확률이 높아. 게다가 얼굴에 붉은 기가 도는 것을 볼 때, 혈압도 높을 것 같은데.

"혹시, 평소에 혈압이 높으십니까?"

"네, 몇 달 전부터 혈압이 높아서 동네 병원에서 약을 먹고는 있어요. 그런데 왜요?"

"아버님, 드릴 말씀이 있으니 잠시 밖으로 나오실래요?"

"네? 네, 알았어요."

허민호가 나를 따라 나왔다.

"아버님, 검사를 받으시는 게 좋을 것 같습니다."

"에이, 무슨 이 정도 근육통으로 정형외과를 가요? 가끔 있는 통증이에요. 파스 몇 장 붙이면 괜찮아집니다."

"아뇨, 정형외과가 아니라 흉부외과에 가셔서 등 CT를 찍어 보시는 게 좋을 것 같아요."

"흉부외과요? 심장은 튼튼한데?"

"그래도 혹시 모르니까, 검사를."

"인턴이세요? 젊어 보이시는데."

허민호가 못 미더운지 내 몸을 훑어 내렸다.

"네."

"그러시구나, 어쩐지!"

네가 뭘 아냐는 눈치다.

"네?"

"아, 아니에요. 일단, 오늘은 바쁘니까, 일 마치는 대로 검사받아 볼게요."

피식.

허민호가 건성으로 받아치며 콧방귀를 뀌었다.

"아뇨. 지금 당장 검사를 받아 보시는 게 좋을 것 같습니다. 제가 흉부외과로 안내해 드릴게요."

"아니, 초짜 의사 선생님이 왜 이러실까? 저, 바로 회사에 들어가야 한다고요. 잘리면 선생님이 책임지실 겁니까?"

허민호가 얼굴을 붉혔다.

"그래도 가셔야 합니다."

띠리리링.

응급실 당직의 전화였다.

"잠시만요."

난 양해를 구하고 전화를 받았다.

─야, 인턴! 너 지금 뭐 해? 당장 안 내려오고?

"네, 지금 바로 내려가겠습니다."

─눈썹이 휘날리게 튀어 와!

"여보, 무슨 일이에요?"

남편이 한참을 들어오지 않자 아이 엄마가 밖으로 나왔다.

"어, 선생님이 물리치료를 좀 받아 보는 게 어떠냐고 하셔서. 들어가자고."

"그래요? 받아 보지 그래요."

"알았어, 나중에."

허민호가 대수롭지 않다는 듯이 안으로 들어갔다.

"김 선생, 무슨 일이에요?"

아이 엄마와 함께 나온 윤이나가 물었다.

"아이 아빠, 등 통증이 좀 심상치 않아서요."

"아, 아까 송곳으로 찌른 듯이 아프다는 거요?"

"네."

"그거 단순 근육통 아닐까요? 별다른 건 모르겠던데?"

"저도 그랬으면 좋겠는데, 근육통 같은 경우는 증세가 저렇지 않거든요. 송곳으로 찌른 것 같은 통증이라는 게 맘에 걸리네요."

"그래서 검사받으라고 한 거예요?"

"네."

"에이, 설마하니 다이섹(대동맥 박리)이나 아올틱 에뉴리즘(복부 대동맥류)이겠어요? 그냥, 단순한 근육통일 거예요. 아까 잠을 잘 못 잤다고 하잖아요."

"아뇨. 다이섹(대동맥 박리)까진 몰라도 단순 근육통은 아닐 겁니다. 반드시 검사를 받게 해야 해요."

"겉보기엔 체구도 당당하니 건강해 보이던데."

"그렇지 않아요. 이건 체구와는 관계가 없는 거니까."

"그럼 어떻게 해야 하죠?"

"선생님이 다시 한번 검사받으라고 말해 주세요. 제가 인턴이다 보니, 믿지 못하는 눈치예요."

"그래요. 내가 좀 있다 옹이 바이탈 체크하면서 말씀드려볼게요."

"네, 반드시 검사를 받아 봐야 합니다."

"네. 그나저나 윤찬 쌤, 정말 멋졌어요. 우리 과 교수님들보다 더 노련하시던데요?"

"뭘요. 다음에도 곤란하신 일이 있으면 아무 때나 말씀하세요. 제가 도와드릴 수 있는 일이면 도와드릴게요."

"정말요? 고마워요."

"뭘요."

"시간 되시면 커피 마실래요? 제가 살게요."

"아뇨, 지금도 좀 늦었어요. 바로 내려가야 할 것 같은데요."

"그러면 나중에 우리 맛난 거 같이 먹어요. 오늘 진 신세, 톡톡히 갚아 드릴게요."

"뭐, 그러시죠."

"그래요, 나중에 봐요!"

"네."

저 사람 그냥 놔두면 안 될 것 같은데.

'아무래도 마음에 걸려서 안 되겠어. 만약에 다이섹(대동맥 박리)이라면 한두 시간도 지체할 수 없어.'

강제로라도 검사를 받게 해야 했다.

"선생님, 저 잠시만 나갔다 오겠습니다."

"어딜 가? 환자 밀려들어 올 시간인데."

"좀 급해서요."

"새꺄, 여기보다 급한 일이 어디 있다……. 번개냐? 언제 사라진 거야?"

"어머님, 웅이 아버님은요?"

"네? 벌써 갔죠, 회사로."

"혹시, 윤이나 선생님이 무슨 말 안 하던가요?"

"아뇨, 아무 말도 없으셨는데?"

윤이나 선생이 아무 말도 안 한 건가?

"어머님, 웅이 아버님 목소리가 원래 허스키한가요? 쉰 소리가 나던데?"

"아뇨, 그러고 보니 그러네요? 원래 목이 잘 쉬는 사람이 아닌데?"

"혹시, 감기에 걸렸나요?"

"아뇨, 평생 감기 한 번 안 걸린 사람이에요, 웅이 아빠."

"천식이나 기관지염 같은 건요?"

"아뇨, 그런 것도 없어요."

"지금 바로 아버님께 전화 좀 걸어 주시겠습니까?"

"왜요?"

"아무래도 병원으로 오시라고 하는 게 좋을 것 같아요."

"애 아빠는 일하는 도중엔 전화를 잘 안 받는데?"

"그래도 전화해 보세요. 아버님, 검사받으셔야 합니다. 빨리요."

"애 아빠는 괜찮다고 하던데요?"

"아니에요, 빨리 전화 좀 해 보세요."

"아, 네."

아이 엄마가 주섬주섬 전화를 꺼내 허민호에게 전화를 걸었다.

뚜뚜, 뚜뚜.

"거봐요, 전화 안 받잖아요."

"회사에라도 전화를 걸어 보세요."

"괜찮다고 했는데."

"어머니, 자세한 건 나중에 설명해 드릴 테니까, 빨리요."

"아, 알았어요."

"네? 아이 아빠가 아직 회사에 오지 않았다고요?"

아이 엄마가 나를 바라보며 고개를 가로저었다.

―네, 그렇지 않아도 사모님께 전화를 드리려고 했어요.
곧 있으면 회의 시간인데 안 오셔서요. 같이 계신 것 아니었
나요?

"병원에서 나간 지 2시간 정도 됐는데?"

―그래요? 2시간이면 도착하고도 남을 시간인데?

"이 양반이 어디를 갔지? 제가 알아보고 다시 연락드릴게
요."

―네, 저도 알아보겠습니다.

"선생님, 애 아빠가 아직 회사에 도착하지 않았다는데요?"

아무래도 느낌이 좋지 않았다.

"혹시 연락이 되시면 저한테 바로 연락을 주세요."

"우리 애 아빠 괜찮은 거겠죠?"

"괜찮길 바라야죠."

-코드 제로, 코드 제로. 원내에 정형외과 선생님들은 응급실로 와 주십시오. 코드 제로, 코드 제로! 다시 한번 말씀드립니다. 응급 환자 발생! 40대 남자 환자입니다. 원내에 정형외과 선생님이 계시면 바로 응급실로 와 주십시오.

그 순간, 응급 환자가 도착했음을 알리는 방송이 울렸다.

정형외과?

느닷없는 방송에 불안했지만, 정형외과라는 말에 조금은 걱정을 덜었다.

"애 아빠도 40대인데? 서, 설마, 아니겠죠, 선생님?"

불안한 기운을 감지한 건, 나뿐만이 아니었다.

"일단, 제가 내려가서 확인해 볼게요."

"네."

"어머님은 아버님께 전화해 보세요."

드르륵.

문을 열고 병실 밖으로 나가려던 찰나.

"서, 선생님!"

"네? 무슨 일이세요?"

"지금 전화가 왔는데, 애 아빠가, 애 아빠가……."

그녀가 망연자실 말을 잇지 못했다.

젠장, 결국 터질 게 터져 버렸군.

"제가 내려가 보겠습니다."

"저, 저도 갈래요."

신발도 신지 않은 채, 반쯤 정신이 나간 얼굴의 그녀가 내 팔목을 붙들었다.

　"어머님이 가셔서 좋을 게 아무것도 없어요. 게다가 웅이도 아픈데, 어머님은 아이와 함께 여기 계시는 게 좋을 것 같아요."

　"아뇨, 나도 갈래요. 잠깐만, 내 정신 좀 봐. 신발, 신발 어디 있지?"

　그때서야, 자신이 맨발이란 걸 알아차린 아이 엄마. 허둥지둥 병실로 들어갔다.

　"윤찬 씨, 무슨 일이에요?"

　윤이나였다.

　"웅이 아버님한테 문제가 생긴 것 같아요."

　"어머? 정말요?"

　"내려가서 확인해 봐야겠어요."

　"그렇지 않아도 지금 검사받아 보라고 하러 가는 중이었어요. 깜박 잊었거든요."

　"지금 어머님이 제정신이 아니니까, 선생님이 좀 다독거려 주세요."

　"설마, 다이섹(대동맥 박리)이에요?"

　"그건 모르겠어요. 그러니까 저기 아이 엄마 좀 달래 봐요. 알았죠? 절대, 응급실로 내려오면 안 돼요."

　"아, 알았어요."

젠장, 정형외과라고 하지 않았나? 이게 어떻게 된 거야?

아이 엄마를 윤이나에게 맡긴 난 서둘러 응급실로 내려갔다.

잠시 후, 궁금증이 해결되기까진 그리 오래 걸리지 않았다.

흉부외과 콜이 아닌, 정형외과 콜인 이유.

드르륵, 드르륵.

스트레처 카에 실려 온 허민호. 온몸에 크고 작은 타박상, 한쪽 다리엔 부목이, 목에는 목 보호대가 채워져 있었다.

"뭐 해, 인턴. 응급 환자야. 걸리적거리지 말고 비켜!"

구급대원에게 환자를 인계받은 정형외과 레지던트 조상기였다.

"아, 네."

"어떻게 된 일이죠?"

환자를 내려 준 구급대원에게 다가가 물었다.

"네, 연천 사거리 근처, 공사 현장에서 추락했어요. 왼쪽 다리가 골절되긴 했는데, 나머진 가벼운 타박상이라 생명엔 지장이 없는 것 같아요. 응급조치 후에 바로 여기로 데리고 왔습니다."

"그래요? 혹시 환자가 등 통증이 심하다고 하지 않던가요?"

"당연하죠. 환자가 맨홀에서 추락했는데, 어디 안 아픈 곳이 있겠어요? 온몸이 다 아프죠."

"아뇨, 그런 통증이 아니라, 칼로 찌른 듯이 아프다거나 복부 쪽에 불룩거리면서 맥박이 잡힌다거나 하는 거요."

"아, 네, 맞아요! 다리를 다쳤는데 이상하게 복통을 호소하고요. 그래서 복부를 확인해 보니 외상은 없는데, 손을 대보니까 펄떡거리더라고요."

이제 터지기 일보 직전이야.

"심전도는요?"

"네? 심장마비도 아닌데 무슨 심전도를 합니까?"

"알겠습니다. 일단, 바이탈 체크한 거 전부 다 보여 주세요."

"그거야, 여기 적어 뒀죠."

구급대원이 차트를 보여 줬다.

다이섹(대동맥 박리)이 틀림없어!

내가 내린 결론이었다.

1시간당 1%씩 사망율이 증가하는 무서운 병. 다이섹(대동맥 박리)! 조금만 지체해도 허민호는 죽는다.

하지만 내가 나설 수는 없었다. 무작정 덤볐다가는 정형외과 애들의 성향을 볼 때, 무조건 시간만 까먹는다.

내가 아무리 다이섹(대동맥 박리)이라고 말해 봐야 씨알도 먹히지 않아.

게다가 지금 환자는 골절상까지 입지 않았는가? 자기들

환자라고 우기겠지.

괜히 거친 녀석들과 실랑이를 벌이다간 아무것도 못 할 게 분명해.

정형외과 레지던트들의 성향으로 봐선, 같은 급으로는 어림도 없어.

좀 더, 강한 힘이 필요했다.

위에서 찍어 누를 수 있는!

띠띠띠띠.

난 서둘러 고함 교수에게 전화를 걸었다.

"교수님, 김윤찬입니다."

―어, 그래, 무슨 일이야?

"퇴근하셨습니까?"

―그래, 지금 집이야. 왜?

"교수님께 급히 상의드릴 일이 있습니다. 오늘 응급 환자가 한 명 실려 왔는데…….."

―그래서? 지금 그 환자가 다이섹(대동맥 박리)이라는 거야?

"네, 제 판단으론 그렇습니다."

―내가 인턴 나부랭이 판단을 믿어야 하나?

"네, 믿어 주셔야 합니다. 결코 단순 골절은 아닙니다, 교수님!"

―좋아, 딱 3분 줄 테니까. 그 시간 안에 나를 설득해 봐.

쪽팔리게 인턴 나부랭이 말만 듣고 정형외과 애들이랑 싸울 순 없잖아?

"네, 알겠습니다. 그러면 제 소견을 말씀드리겠습니다."

—씨부려 봐.

"첫째, 신장에 비해 과도한 체중, 게다가 붉은 얼굴은 혈압이 높음을 암시했습니다. 물어보니 최근 들어 혈압약을 복용하고 있더군요."

—고혈압 증세야.

"또한, 송곳으로 찌른 듯한 강렬한 등 통증을 호소했습니다. 일반적인 타박상이나 근육통 증세하고는 상이하게 달랐어요."

—협심증도 증세는 그와 유사해.

"아뇨, 가슴을 쥐어짜는 통증이라면 협심증을 의심해 볼 수 있겠으나, 환자는 견갑골에 통증을 호소하고 있습니다. 게다가 결정적으로 쇳소리가 들렸습니다."

—쇳소리?

쇳소리란 말에 처음으로 고함 교수가 반응했다.

"감기나 호흡기 질환이 없는 성인 남자의 목에서 아무런 이유도 없이 쇳소리가 난다는 건, 이미 부풀어 오를 대로 오른 아올타(대동맥)가 신경을 눌러서 나는 증세라고 배웠습니다."

—바이탈은?

"네, 그것도 확인해 봤는데, 발작성 빈맥이 확인됩니다,

교수님.”

　-너, 뭐야?

“네?”

　-내가 왜, 인턴 나부랭이한테 설득을 당한 거야?

“그게…… 죄송합니다.”

　-됐고, 정형외과 애들한테 가서…… 아, 아니다. 지금 당장 갈 테니까, 기다려.

“네.”

　일단, 고비는 넘겼어. 고함 교수님이라면 정형외과에서 아무리 우겨도 어떻게든 환자가 대동맥 박리라는 걸 잡아내실 거야.

　하지만 어느 정도 실랑이는 어쩔 수 없겠지.

　시간이 문제다.

　지금 시간이 없다는 게 가장 큰 문제였다.

　시간을 좀 벌어 드려야겠어!

“거기 마취과죠?”

　난 마취과에 전화를 걸었다.

“뭐야? 이 새끼는 기다리라고 했더니 어딜 까질러 간 거야?”

응급실에 도착한 고함이 투덜거렸다.

'에이, 핸드폰 놔두고 왔네.'

고함 교수가 뒷머리를 긁적거리며 응급실 안으로 들어갔다.

"기적이네, 맨홀에 빠졌는데."

"그러게요. 머리를 안 다친 게 다행이에요."

'저 환자인가 보군.'

고함 교수가 발걸음을 옮겼다.

"야, 사진 결과 나왔어?"

레지던트 조상기의 콜을 받은 정형외과 박찬식이 황급히 응급실로 내려왔다.

"네, 지금 확인해 보시면 될 것 같습니다."

"화면 열어 봐."

"네, 교수님."

조상기가 허민호의 CT 촬영 결과를 모니터에 띄웠다.

"아이고야, 클레비클 스핀(경추) 인저리(손상)가 있네. 다행히 디스로케이션(탈구)이야. 프렉쳐(골절)는 아닌 것 같군. 원래 목뼈가 자꾸 빠지거든."

"어떻게 할까요?"

"뭘 어떻게 해? 목 깁스 하고 입원시켜. 여기 봐 봐, 경추 7번에 금이 살짝 갔잖아. 대충, 한 달 견적은 나올 것 같은데?"

"네, 알겠습니다."

"SCI(척수손상)가 있을 수 있으니까, NS(신경외과)에 노티하고, MRI(자기공명 사진) 찍어 보자고. 근데 뭐, 겉으로 봐서는 큰 문제 없을 것 같긴 하다."

"네, 알겠습니다."

"이 사람 맨홀에 빠졌다고 했나?"

"네, 구급대원 말로는 그렇습니다. 대략 10미터 깊이라고 하더라고요."

"운이 정말 좋은 사람이군. 그 깊이에서 떨어졌는데, 이 정도라니."

"이 환자, 재수 더럽게 없네. 이런 돌팔이들을 만나서."

쯧쯧쯧.

고함 교수가 사진을 판독하고 있던 박찬식 뒤에 섰다.

"깜짝이야! 고함 교수님?"

"야, 너 많이 컸다. 앉아서 말 받아치고?"

"아, 네, 죄송합니다."

박찬식이 밍기적거리며 자리에서 일어났다.

"저, 선생님."

고함 교수를 따라온 레지던트가 조상기에게, 조상기는 박찬식에게 릴레이 귓속말을 전했다.

요약하면 고함 교수가 다짜고짜 쳐들어와 허민호를 진찰하고 가슴 CT를 찍으라고 오더를 내렸다는 것이다.

"그래?"

박찬식이 고함 교수를 힐끗거렸다.

"잘하면 교수 치겠는데?"

"그게 아니라, 아무리 교수님이시만 타 과에까지 오셔서 이러는 건 좀 아니지 않나요?"

"그러면 너 같은 돌팔이가 사람 잡고 있는데, 명색이 의사가 가만있어야겠냐?"

"돌팔이라뇨? 말이 좀 지나치신 것 아닙니까? 저희도 의사입니다."

"아니, 너흰 의사 아냐. 아무리 무식쟁이 막가파 정형외과라지만, 어떻게 펠로우라는 인간이 다이섹(대동맥 박리)을 못 잡아? 인턴도 잡아내는데?"

"교수님, 정말 이런 식이면 곤란합니다. 제 진단으론 분명 단순 경추 탈골입니다."

'다이섹(대동맥 박리)은 무슨!'

박찬식 교수가 입을 삐죽거렸다.

"확실해?"

"네, 확실합니다."

"책임질 수 있어?"

"네, 자신 있습니다. 단순 골절에 경추 7번에 살짝 금이 갔을 뿐입니다. 등 통증은 떨어졌을 때 입은 타박상이고……."

"좋아, 너, 나랑 내기하자. 넌, 경추탈골, 난 대동맥 박리.

둘 중 틀리는 사람이 의사 가운 벗기, 콜?"

"그게 아니라……."

"무식하면 용감하다고 하는데, 무식하긴 한데 용기는 또 없는 거냐?"

"말이 지나치십니다!"

"됐고. 너랑 말싸움할 시간 없어. 이 환자 내가 데려간다. 그렇게 알아."

"아아, 이러면 안 되지! 이 바닥도 상도라는 있는데?"

정형외과 한상만 교수가 전화기를 들려는 고함 교수의 손등을 지그시 눌렀다.

"교수까지 납셨네?"

"그게 아니라 고 교수, 이 애들, 우리 과 에이스들이야. 솔직히 쌍팔년도 군대도 아니고, 이게 무슨 추태야?"

"에이스? 말세네. 인턴 발뒤꿈치도 못 따라올 녀석들이 에이스 소릴 다 듣고. 아이고야, 연희병원 이제 문 닫을 때가 다 됐구나."

"말이 너무 심하네. 이런 식이면 곤란해. 괜히 문제 일으키지 말고 이 환자는 우리 애들한테 맡겨. 필요한 거 있으면 CS(흉부외과)에 트랜스퍼 할 테니까."

"트랜스퍼? 그러다 환자 죽어, 이 사람아."

"그것도 우리 과에서 알아서 할 거야."

"하아, 이 과는 교수까지 용감무쌍하구나? 곧 있으면 후회

할 텐데, 감당할 수 있겠어?"

"할 만하니까 이러는 거야."

"곧 후회할 짓을 왜 하지?"

"고함 교수. 그만합시다, 이젠."

"야, 너."

"저요?"

조상기가 손가락으로 자신을 가리켰다.

"그래, 인마. 지금 저 환자 CT 찍은 거 올라왔을 테니까, 화면 열어 봐."

"네?"

"귀가 먹었어? 가슴 CT 찍은 결과 올라왔을 거라고. 화면 띄워. 시간 없어."

"그게."

조상기가 한상만 교수의 눈치를 봤다.

"열어 봐."

"네, 알겠습니다."

한상만 교수가 고개를 끄덕이자 그때서야 조상기가 움직이기 시작했다.

"로봇이냐? 말은 잘 듣네? 애들 교육은 잘 시켰네?"

"꼴통 같은 고 교수 애들보단 나아."

"좋아, 꼴통이 낫나, 로봇이 낫나 두고 보자고."

"이, 이게 어떻게 된 거야?"

잠시 후, 잔뜩 붉어진 얼굴의 한상만 교수가 눈을 깜박였다.

"이래도 우길래?"

"젠장, 이, 이게 어떻게 된 거야?"

한상만 교수가 안경을 벗고는 모니터를 뚫어져라 응시했다.

"모니터 닳겠다. 볼 것도 없이 다이섹(대동맥 박리)이야. 그나저나 어떡할래? 너네 에이스들 덕분에 30분이나 까먹었는데?"

탁탁.

고함 교수가 손가락으로 자신의 손목시계를 건드렸다.

"너희들, 이리 와 봐. 당장!"

한상만 교수가 신경질적으로 정형외과 스탭들을 향해 손을 흔들었다.

"네, 교수님."

"야, 이 개새끼야! 단순골절이라면서? 눈깔 있으면 이걸 좀 봐. 지금 심장에서 피 줄줄 새고 있는 거 안 보여?"

퍽퍽.

한상만 교수가 조상기와 박찬식의 정강이를 걷어찼다.

"그게 아니라……."

"뭐가 그게 아니야? 낙상 환자, 심장 사진 찍어 보는 건 기

본 중에 기본 아냐? 교수 망신을 시켜도 유분수지, 이게 무
슨 개망신이야!"

전광석화 같은 원투펀치!

한상만이 그들의 대가리를 후려갈겼다.

"아이고야, 차마 눈 뜨고는 못 보겠네. 집안싸움은 나중에
하고, 야, 1년 차, 너 지금 당장 CS(흉부외과) 의국에 전화 걸어
서, 한상훈 선생 바꾸라고 해."

"네, 교수님."

정형외과 1년 차가 수화기를 들려는 순간, 전화벨이 울렸
다.

"네, 응급실입니다."

—아, 네. 전 CS 한상훈이라고 합니다. 혹시, 고함 교수님
거기 계시나요?

"네? 네. 여기 계십니다. 저희 교수님과 대화 중이세요."

—다행이네, 한참을 찾았는데. 그러면 405호 수술방에
세팅 다 해 놨으니까, 바로 오시면 된다고 말씀 좀 전해 주
세요.

"네? 수술 세팅을 다 했다고요?"

"전화기 이리 줘 봐."

고함 교수가 전화기를 뺏어 들었다.

"왜 응급실로 전화해, 핸드폰으로 하면 되지."

—당연히 했죠. 교수님께서 안 받으시던데요?

"아차, 두고 왔지. 그래, 그건 그렇고, 그게 무슨 소리야? 수술 세팅을 다 해 놨다니?"

─네? 교수님이 오더 내리신 것 아니세요?

"뭐라고? 내가 뭘 해?"

─교수님이 오더 내신 거 아니라고요?

"이 친구가 지금 잠이 덜 깼나. 무슨 잠꼬대 같은 소리냐고. 그렇지 않아도 지금 수술방 세팅하려고 오더 내리려는데 자네한테 연락이 온 거라고."

─그래요? 김윤찬 선생이 교수님께서 다이섹(대동맥 박리) 환자, 응급수술 들어가셔야 해서, 체외 순환기사 수배하고, 혈액 확보하라고 해서 준비했거든요.

"김윤찬이가?"

─네, 교수님. 환자 혈액형이랑 바이탈, 증세까지 줄줄 읊어 대면서요.

"인턴 나부랭이 김윤찬 맞아?"

─네, 맞습니다. 지난달에 우리 과에서 근무했던 그 인턴이요.

"알았어, 몇 번 수술방이라고?"

'이 녀석 봐라?'란 고함 교수의 눈빛이다.

─네, 4층 405호입니다. 오시면 바로 수술 들어가실 수 있게 준비해 두겠습니다.

모든 조치를 취한 난, 허겁지겁 응급실로 달려갔다.

"아, 알았어. 정형외과 진상들 때문에 30분이나 허비했어. 빨리 응급실로 애들 보내서 환자 데리고 수술방으로 들어가. 나도 바로 따라갈 테니까."

-네, 알겠습니다.

"너 이리 와."

고함 교수가 날 보더니 오라는 듯 손을 흔들었다.

"사기꾼이냐?"

고함 교수가 물었다.

"네?"

"네가 내 이름 팔고 돌아다녔다며? 이거 흉측한 놈일세?"

"죄송합니다."

"이게 최선이야?"

"시간이 없을 것 같아서 그랬습니다."

"아무리 그래도 병원이라는 데가 시스템으로 돌아가는 건데, 이렇게 인턴이 설치고 다녀도 되는 거야?"

"죄송합니다."

"저기 병신 같은 정형외과 애들 좀 봐. 너무 불쌍하잖아? 너보다 까마득한 선배들인데. 처맞는 것 좀 봐라. 이게 무슨 대참사니?"

"죄송합니다."

"정말? 다시는 이런 짓 안 할 거야?"

"아뇨, 절차를 무시한 건 죄송하지만, 다음번에도 이런 일이 발생하면 지금처럼 할 것 같습니다."

"이 새끼, 꼴통 맞네."

"죄송합니다."

"잘했어!"

"네?"

"다시 또, 이런 일이 생기면 지금처럼만 해. 시말서를 쓰든 옷을 벗든, 나머진 내가 알아서 할 테니까."

"네."

"시스템이고 나발이고 로봇보단 꼴통이 훨씬 나아. 사람 살리는데, 시스템이 무슨 개 풀 뜯어 먹는 소리야? 안 그래, 한 교수?"

고함 교수가 조롱하듯 한상만 교수 쪽으로 시선을 돌렸다.

"너희들, 전부 옥상으로 처올라와. 오늘 아주, 제대로 푸닥거리 해 주마."

"네!"

"터진 주둥이라고 대답은 잘하는구나. 세상에, 인턴 나부랭이한테 떼거리로 발려? 그것도 에이스란 놈들이?"

한상만 교수가 씩씩거리며 응급실을 빠져나가자, 수련의들이 졸졸 그의 뒤를 따랐다.

"아주 가관이구먼, 가관! 김윤찬, 넌 절대……."

"교수님, 저도 이만 가 보겠습니다."

"어딜?"

"아, 네. 저 지금 근무 중이라."

"세상에, 이런 무책임한 녀석을 봤나? 네 환자, 그냥 이렇게 내팽개쳐 놓을 거야?"

"네?"

"저기 허민호 환자, 네 환자니까, 네놈이 끝까지 책임져! 이렇게 일 벌여 놓고 도망가려고?"

"그게 아니라……."

"잔소리 말고 수술방 따라 들어와."

"아니, 그게 아니라, 저 소아과 근무 중이라서요."

"담당 교수가 누구야?"

"네, 윤민우 교수님이십니다."

"그래? 윤 교수한테는 내가 연락해 둘 테니까, 군소리 말고 따라 들어와."

"그렇지만, 제가 인턴이라."

"인턴이 뭐? 아무리 인턴이라도 실력 있으면 퍼스트도 서고 메스도 잡는 거야. 넌 충분히 그럴 자격이 있어."

"네?"

"오버하지 마라. 설마, 내가 너보고 메스 잡으라고 하겠냐?"

아쉽네요. 오래간만에 메스 한번 잡아 보려 했는데…….

"아, 네, 알겠습니다."

"들어와서 내가 수술 하는 거 보고 경험 쌓아. 백 번 듣는 거보다 한 번 보는 게 훨씬 도움이 될 거야."

"아, 네. 알겠습니다."

"가자, 사람 살리러."

"네."

얼마나 뛰어다녔던지 온몸이 땀에 젖어 있었다.

팟, 팟팟, 팟팟팟.

수술 도중, 고함 교수의 고글에 피가 튀어 시야를 가렸다.

"괜찮습니까, 교수님?"

"괜찮지 않으면? 네가 대신 메스 잡을래? 신경 쓰지 말고 집중해."

정상적인 대동맥의 지름은 2센티. 하지만 복부 대동맥의 지름이 7센티에 이를 만큼 부풀어 올라 마치 시한폭탄 같았고 상행 대동맥은 내막이 찢어져 이미 출혈이 발생한 상황이었다.

단, 30분만 늦었어도 생명을 담보할 수 없는 상황.

고함 교수는 수술방의 사무라이라는 별명에 걸맞게 터지

기 일보 직전인 대동맥을 잘라 내고 인조 혈관으로 대체하는 고난도 수술을 성공적으로 마무리했다.

역시, 명불허전, 국내 최고의 칼잡이다운 실력이었다.

역시, 고함 교수군. 나라도 수술 성공은 장담할 수 없었어. 쉽지 않은 수술이었는데.

난, 그의 신기에 가까운 손놀림에 감탄하지 않을 수 없었다.

"다들 수고했습니다."

수술을 마친 고함 교수가 고글을 벗고는 환하게 웃었다.

"수고하셨습니다, 교수님!"

짝짝짝.

의료진이 모두 일어나 감동의 박수 세례를 보냈다. 그만큼, 완벽했던 수술이었다.

잠시 후.

"김윤찬 선생, 시간 좀 괜찮아요?"

퍼스트에 서서 훌륭하게 고함 교수를 보좌한 한상훈이 내 어깨를 툭 쳤다.

"네, 1시간 정도는 여유가 있습니다."

"잘됐네요. 그럼 하늘공원에서 나랑 음료수 한 캔 할래요? 너무 긴장했더니 목이 마르네요."

"네, 교수님, 말 낮추셔도 되는데."

"아니에요, 아직 입에 안 익어서. 차차 그럽시다."

한상훈 교수가 수줍게 미소 지었다.

"네, 언제든지 말 편히 하세요."

수술을 마친 나와 한상훈은 옷을 갈아입은 후, 하늘공원으로 향했다.

♥

"햇빛이 참 좋아요. 그죠?"

한상훈이 고개를 들어 하늘을 올려다봤다.

"그러네요."

"가끔 이렇게 광합성을 해 줘야 면역력이 생깁니다."

"네."

"그나저나 오늘 수술 참관 소감은 어때요? 인턴이 이런 대수술을 직접 보기는 쉽지 않았을 텐데."

한상훈이 캔 음료를 건네주었다.

"영광이죠."

"맞아요, 확실히 고 교수님 실력은 대단하죠?"

"네, 명불허전이란 말이 괜히 있는 게 아닌 것 같더군요."

"그래요. 수술 실력만 놓고 볼 땐, 대한민국에 고 교수님을 따라올 외과의는 거의 없을 듯해요."

수술 실력만?

"네, 오늘 많은 걸 배웠어요."

"그래요. 좋은 경험이었다니 다행이에요. 그러면 이제 우리 과로 확실히 오시는 건가요?"

"그러려고 합니다."

"그거 듣던 중 반가운 소리네요. 환영합니다. 김윤찬 선생은 충분히 좋은 써전이 될 거예요."

"감사합니다."

"그러면 우리 식구가 된 것이나 다름없으니까, 내가 몇 가지만 조언을 해도 될까요?"

"네."

"그래요. 지금부터 내가 하는 말, 오해 없이 듣길 바라요."

"네."

"김윤찬 선생이 다이섹(대동맥 박리)을 진단한 건 정말 놀라운 일이에요. 더욱더 놀라운 일은 사진 한 장 찍지 않고 이학적인 소견만으로 다이섹(대동맥 박리)을 잡았다는 거죠."

"운이 좋았습니다."

"아뇨, 운으로 되는 것이 있고 그렇지 않은 것이 있어요. 김윤찬 선생은 좋은 눈을 가진 의사입니다."

"좋게 봐 주셔서 감사합니다."

"굳이 겸손할 필요 없습니다. 김윤찬 선생 덕분에 환자의 생명을 구했으니, 당연히 칭찬받을 일이에요."

"감사합니다."

"다만, 칭찬은 여기까지입니다."

한상훈의 눈빛이 바뀌었다.

"네."

"그렇게 긴장할 건 없어요. 말 그대로 조언이니까."

순간 변하는 미세한 표정 변화까지 정확히 읽어 내는 한상훈이었다.

"혹시, 절차를 무시한 제 행동 때문인가요?"

"아뇨."

한상훈이 고개를 가로저었다.

"그러면?"

"진단도 훌륭했고 후속 조치는 더할 나위 없이 좋았고, 결과까지 좋았으니까 문제 될 이유가 없죠."

"그럼 뭐가 문제인지?"

"문제는 관계라고 할까요?"

"관계? 그게 무슨 뜻이죠?"

"그러니까, 이런 거죠. 우리 병원에 과가 흉부외과만 있는 게 아니라는 거죠. 그렇죠?"

"네."

"바로 그 부분이에요. 그렇지 않아도 흉부외과는 너무 독선적이고 안하무인이라고 소문이 나 있는데, 그나마 우리 과에 호의적이던 정형외과까지 오늘 일로 척을 지게 생겼어요."

"……"

"저한테는 먼저 말씀해 줬으면 좋았을 텐데요."

한상훈이 안타까운 표정을 지었다.

너라면 정형외과와 적당한 선에서 합의했겠지. 물론, 그만큼 환자의 상태는 악화되었을 거고. 그래서 너를 배제한 거야.

"죄송합니다, 교수님."

"아니에요, 그걸 탓하려는 건 아닙니다."

"......."

"실은 지난번 정부에서 추진하던 의료 지원 자금 때도 우리 과가 지원받을 수 있는 기회가 있었는데, 교수 회의에서 부결이 되고 말았죠."

"그렇군요."

"이 병원엔 우리 편이 상대적으로 적다는 걸로 알았으면 해요. 그 관계라는 놈이 사사건건 우리 과의 발목을 잡아 왔으니까."

"그걸 저한테 말씀하시는 이유가?"

"그만큼, 제가 김윤찬 선생이 우리 흉부외과의 주춧돌이 될 거라 생각하니까요."

"과찬이십니다."

"아뇨, 전 그렇게 믿어요. 그건 그렇고 윤찬 선생은 고함 교수님을 어떻게 생각하시나요?"

"존경합니다."

"맞아요, 저도 의사로선 존경합니다."

인간으로선 아니란 뜻으로 들렸다.

"그러면 된 거 아닌가요?"

"그렇죠, 이 세상에 혼자만 산다면 말이죠."

"……."

한상훈이 대충 무슨 말을 하려는지 알 수 있을 것 같았다.

"고함 교수님은 아프리카 사자 같으신 분이시죠. 외로우신 분이세요."

"적절한 비유네요. 인품이나 실력이나 초원의 왕 사자 같은 분이시죠."

"분명 사자인 건 맞는데, 초원의 왕은 아니에요. 초원의 진정한 주인은 따로 있죠."

"……."

"하이에나가 진정한 초원의 주인이죠."

"하이에나가요?"

"그렇죠. 사자의 사냥 성공률은 30%가 채 안 되지만, 하이에나의 사냥 성공률은 100%라고 하더라고요."

"그거야 하이에나는 초원의 청소부라는 별명에 걸맞게 사자나 다른 맹수들이 먹다 버린 음식 찌꺼기를 주워 먹어서 100%가 되는 것 아닙니까?"

"맞아요. 그래서 그들은 언제나 100%죠. 그런데 그거 알아요? 초원에서 가장 강한 턱을 가지고 있는 게 하이에나라는 것을?"

"그렇군요."

"그들이 사냥을 하려고 마음먹으면, 사냥 못 할 게 전혀 없죠. 하지만 그럴 필요가 전혀 없어요. 사자가 먹다 만 살코 기만 얻어먹으면 되니까. 사자들은 퍽퍽한 살코기는 잘 안 먹거든요."

"그렇다고 하이에나가 초원의 제왕이라고 할 수 있을까 요? 그저, 쓰레기 청소부일 뿐, 그 이상도 이하도 아닐 거라 생각하는데요."

"그렇게 생각해요?"

"네."

"저는 좀 생각이 달라요. 그런 사자가 늙고 병들어 힘이 없어지면 어떻게 되는 줄 알아요?"

"글쎄요."

"이놈들은 사자가 필요 없어지면 서로 힘을 모아 죽여 버 리죠. 그것도 아주 잔인하게."

지금 한상훈은 나보고 사자를 따를 건지, 하이에나 무리로 들어올 건지, 결정하라는 거다.

"……."

"그러고 나면 그들은 자신들의 밥줄이 되어 줄 또 한 마리 의 사자를 찾아 나서는 거죠."

결국, 고함 교수가 힘이 빠지면 언제든지 잡아먹겠다는 거다, 저 하이에나는.

근데 당신이 미처 생각하지 못하는 것이 있어.

당신의 말이 맞으려면 초원에 사자가 한 마리뿐일 때나 가능한 거야. 내가 그 초원의 왕을 지켜 줄 또 다른 사자가 되어 주마.

"제 말이 무슨 뜻인지 알겠어요?"

"네, 대충은요."

"그렇다면 다행이네요. 제가 너무 무거운 얘기를 꺼낸 건 아닌지 모르겠네요?"

"아뇨, 그만큼 저를 높이 평가한 것이라고 해석하겠습니다."

"네, 그렇게 생각해 준다면 저도 고맙죠. 저는 김윤찬 선생이 참 맘에 듭니다."

"저도 그렇습니다."

"그래요. 나중에 우리 술 한잔하면서 좀 더 깊이 있는 얘기를 나눕시다."

"네."

어느덧, 시간이 흘러 드디어 마의 정선분원 실습을 앞두고 있었다.

내 고향, 정선.

내가 나고 자란 곳으로, 전통적인 탄광촌이었다. 아버지, 김복동이 평생을 광부로 일하다 생을 마감한 그곳.

어린 시절 추억이 고스란히 담겨 있는 곳이기도 하지만, 아버지에게 진폐증이란 무서운 질병을 준 곳이기에 만감이 교차했다.

그렇게 변변한 치료 한 번 받게 하지 못하고 아버지를 잃은 이유 때문에 의대에 진학하기로 마음먹은 곳이기도 했다.

내게 있어 정선은 애증의 땅이었다.

터미널에서 버스를 타고 대략 4시간. 정선에 도착한 난 기숙사에 들러 짐 정리를 한 후, 곧 바로 정선분원으로 발길을 옮겼다.

내가 배정받은 과는 응급의학과.

하지만 과를 분리한다는 것 자체가 무의미할 정도로 정선분원은 초라했다.

일반외과 전문의 이상종 교수가 흉부, 일반외과, 응급의학과 모두를 책임지고 있었고, 그 외에 내과 전문의 두 명, 그리고 두 명의 수련의가 이들을 보조하고 있을 뿐이었다.

명색이 연희병원 분원이라는 이름이 무색한 곳이었다.

지역 의료 체계 구축이라는 명목하에 보건 당국의 암묵적인 압박에 못 이겨, 형식적으로 설립한 곳이 바로 이곳.

탄광촌을 끼고 있었기에 돈 되는 환자는 거의 없고, 중환자만 미어터지는 곳이었다.

그 누구도 이곳에 오는 것을 좋아하지 않았다.

그래서 붙은 별명이 '황천길'이었다.

잠시 후, 난 인적이 드문 곳에 세워진 2층 병원에 도착했
다.

낡아 빠진 병원 명패가 작금의 병원 사정을 여실히 드러내
고 있었다.

이곳이 바로 국내 최고의 응급의학과 전문의, 이상종 교수
가 계시는 곳이었다.

끼이익.

난 덜컹거리는 미닫이문을 열고 병원 안으로 들어갔다.

정선 연희병원 분원. 모든 사람들이 황천길이라고 부르는
곳이다.

하지만 아이러니하게 인턴에겐 실크로드가 될 수 있는 곳
이었다.

연희본원에선 기껏해야 잔심부름, 뒤치다꺼리나 하는 역
할이 고작인 인턴이지만, 인력 구조가 열악한 이곳에서만큼
은 실전 경험을 풍부하게 쌓을 수 있었다.

회귀 전에도 나는 모든 의학적 토대를 이곳에서 쌓았다.

분명 이곳은 의술의 깊이와 실전 경험을 쌓을 수 있는 의학의 실크로드가 틀림없었다.

젊어서 고생은 사서도 한다든가?

이곳은 돈 내고서라도 와서 배워야 할 곳이었다.

문을 열자마자 펼쳐지는 풍경.

내 예상에서 1도 벗어나지 않는 상황이었다.

군기가 빠질 대로 빠진 당나라 군대도 이보다는 나았으리라.

가관이군.

탁자위에 양 다리를 걸쳐 놓고 독서 삼매경에 빠진 병원 사무장.

간호사들과 시시껄렁한 농담 따먹기에 열중하고 있는 의사.

결정적으로 환자라곤 눈 씻고 찾아봐도 볼 수 없는 썰렁한 대기실.

한마디로, 재기 불능 패잔병들만 몰려 있는 포로수용소와도 같은 모습이었다.

내가 병원 안으로 들어온 걸 신경 쓰는 사람은 아무도 없었다.

"누구?"

톡톡.

그 순간 입에 이쑤시개를 물고 있는 한 남자가 내 어깨를 건드렸다.

건들거리는 폼이 근무 시간에 외출해 외유를 즐긴 듯 보였다. 그는……

"이번에 이곳에 실습하러 온, 인턴입니다."

"아, 인턴! 이름이?"

"네, 김윤찬입니다."

"아, 그러세요? 그러면 길을 비켜 줘야죠. 인턴씩이나 되시는 분이 이렇게 길을 막고 있으니, 나 같은 하찮은 펠로우 따위는 갈 길이 없네?"

"아, 죄송합니다."

"됐고! 그러면 적당히 한 달 잘 놀다가 가도록 해. 다들 그렇게 하니까."

"……"

"정 뭐 하면, 어디 짱 박혀서 시험 준비나 하든가, 눈치껏."

우악스럽게 이를 쑤셔 대며 이죽거렸다.

"……"

"요즘 볼이 징그럽게 안 맞아?"

남자가 허공에 대고 골프채 휘두르는 흉내를 냈다.

"이쪽으로 오시죠."

그 순간, 기다렸다는 듯이 한 남자가 손가락을 까딱거렸다. 그는 이 병원 사무장, 사기균이었다.

"네."

"본원에서 왔죠?"

"네."

"이거 작성하세요."

드르륵.

사기균이 서랍에서 인사 카드를 꺼내 내던지듯 내게 건네고는 보던 책을 다시 펼쳐 들었다.

"어? 이거 한정도 작가님 신작 아닌가요?"

"한정도 작가를 알아요?"

사기균이 급관심을 보였다.

"그럼요! 우리나라 판타지 소설의 대부시잖아요. 저도 이 작가님 광팬입니다."

"그래요?"

같은 부대 전우를 만난 듯 사기균이 눈을 빛냈다.

"그럼요. 사인 양장본이라니! 저도 이거 구하려고 지난주 목요일에 하루 종일 줄 섰다가 결국은 못 샀거든요. 그런데 사무장님은 용케 구하셨네요?"

"그날 홍대 입구에 계셨던 겁니까?"

"네네, 물론이죠! 줄 12시간 서다 결국은 안타깝게도 제 앞에서 끊겼어요. 젠장."

"저런! 우리 인턴 쌤이 노하우가 없구나. 보통 그런 경우는……"

빗장을 풀어 헤친 사기균이 주절대기 시작했다.

"사무장님! 지난주 목요일에 서울 가셨어요?"

이 병원의 수간호사 황진희였다.

정선분원이 생긴 이래, 유일하게 남아 있는 창단 멤버다.

뛰어난 실력을 갖춘 간호사로, 타 병원의 끈질긴 구애도 단칼에 날려 버릴 만큼, 이 병원에 대한 애착이 높은 여자였다.

사실상, 이상종 교수와 함께 이 병원을 지키고 있는 지박령 같은 여자였다.

"아……. 제가요?"

"그날 몸살감기 심해서 결근한 것 아닌가요?"

"몸살? 맞죠, 그날 몸살이 정말 심해서, 제가."

사기균이 어물쩍 넘어가려 애를 썼다.

"근데, 서울은 왜 갔어요?"

"그, 그게 말입니다, 그게."

사기균이 목까지 벌게진 얼굴로 말을 더듬거렸다.

"황진희 간호사!"

그 순간 이상종 교수가 병원 문을 박차고 들어왔다. 그 뒤에 들것과 119 구급대원들을 달고서 말이다.

들것에 실린 환자들은 기관 삽관을 한 채, 작업복에 시커멓게 탄가루가 묻어 있었다. 난 한눈에 갱도에서 사고를 당한 광부임을 알 수 있었다.

환자의 복부가 잔뜩 부풀어 올라 있었다.

혈관이 터져 부풀어 오른 것일 테니, 스플린(비장), 판크레아스(췌장), 리버(간)까지 갈기갈기 찢어졌을 테고, 흉곽에 종창을 보니 트라우마틱 서브큐태니어스 엠파이세마(외상성 피하기종)까지 보였다.

손만 대도 갈비뼈가 가루가 될 상황이었다. 당장 수술방에 들어가지 않으면 생명을 담보할 수 없는 환자였다.

"교수님, 어쩐 일이세요? 상중이시잖아요. 일주일 휴가 받으신 걸로 아는데?"

"일주일은 무슨? 삼일장 치렀으면 바로 나와야지. 그렇게 오랫동안 병원을 비워 둘 수 있나?"

"아무리 그래도."

"그건 중요한 게 아니고, 걔도 사고 환자야. 병원 오는 길에 정 대원이 연락해서 데리고 왔어!"

워낙 자주 일어나는 사고였기에 이곳을 담당하던 구급대원과 이상종 교수 사이에는 핫라인이 연결돼 있었다.

"잘하셨어요!"

"황 간호사, 레지던트 애들 내려오라고 하고, 마취과 박한 선생 당장, 튀어 오라고 해."

"교수님, 레지던트 선생님들 전부 서울 본원 갔잖아요."

"뭐라고? 왜? 나한테는 아무 보고도 없었는데?"

"도저히 여기서는 못 버티겠다고 본원에 민원을 넣었나 봐요."

3개월을 버티는 레지던트가 없었다.

강제적으로 차출되어서 이곳에 보내진 레지던트는 물론, 간혹 사명감에 자원한 수련의들도 이곳 생활 3개월이면 모두 나가떨어져 버렸다.

그만큼, 이곳은 수련의들에겐 개미지옥과도 같은 곳이었다.

"교수한테 일언반구도 없이 토껴?"

"죄송합니다."

"황 간호사가 죄송할 게 뭐가 있어? 후임자는 보내겠대?"

"네, 여자 선생이 한 명 자원했다는 연락은 받았습니다. 나머지 한 분은 아직요."

"겨우 하나? 열 명이 와도 모자랄 판에? 니미럴, 개똥도 약에 쓰려면 없다더니."

이상종 교수가 신경질적으로 뒷머리를 긁적거렸다.

"환자 어디로 옮길까요?"

119 정 대원이 조심스럽게 물었다.

"뭘 어디로 옮겨? 환자 죽일 셈이야? 저기 수술방으로 옮겨 놔!"

"네, 알겠습니다."

"교수님, 어쩌시려고요? 레지던트 선생님들도 없는데."

황진희가 걱정스러운 표정을 지었다.

"뭘 어떻게 해? 이 없으면 잇몸으로라도 해야지. 당신이 수술방에 들어와서. 퍼스트에 서!"

"네? 제가요? 그거 의료법 위반인데요?"

"그럼 어떻게 해? 환자는 다 죽어 가고 있는데, 도와줄 새 끼들은 죄다 토껴 버렸는데? 그냥 하라는 대로만 하면 돼. 내가 책임질 테니까."

"교수님, 실례가 되지 않는다면 제가 도와드려도 될까요?"

"네가 누군데?"

"김윤찬이라고 합니다."

"누가 이름 물어봤어? 뭐 하는 놈이냐고?"

"교수님, 오늘부터 우리 병원에서 근무하기로 한 김윤찬 선생입니다."

황진희 간호사의 목소리가 대화에 끼어들었다.

"인턴?"

"네."

"메스 잡아 본 적 있어?"

"아뇨."

"수술방 경험은?"

"몇 번 참관한 적 있습니다."

"지랄한다. 너, 의사 자격증은 있냐?"

"네."

"메스가 어떻게 생겼는지는 알지?"

"물론입니다."

'잔심부름이라도 시킬 수 있겠지.' 하는 눈빛이다.

"당장 환복하고 수술방으로 튀어 와."

"알겠습니다."

"교수님, 수술 동의서에 서명받아야 하는데요?"

그 순간, 사무장 사기균이 수술 동의서를 이상종 교수에게
내밀었다.

"연고도 없는 환잔데, 무슨 수술 동의서에 서명을 해?"

"아, 그게 자꾸 이런 식이면 곤란한데요? 본원에서 알면
큰일 납니다."

사기균이 단호하게 고개를 내저었다.

탄광촌의 특성상 중증 외상 환자가 부지기수였다.

그들 중 상당수는 보호자가 없거나 멀리 떨어져 있는 경우
가 허다했다.

그럴 경우, 보통은 119 구급대원들이 대신 서명을 하거나,
대부분 이상종 교수가 모든 책임을 지는 경우가 많았다.

물론, 수술을 하고도 수술비를 청구할 수 없는 경우는 당
연지사.

때론, 이상종 교수의 월급으로 이를 대체하는 경우도 적지
않았다.

"그러면 당신이 사인하든가."

"제가요?"

"이리 주세요. 제가 사인하겠습니다."

난 주머니에서 볼펜을 꺼내 들었다.

"네가 다 책임질 거야?"

"교수님이 집도하신다면 책임질 일은 없을 것 같다고 생각합니다."

"네가 뭘 알아?"

"그냥, 그러실 것 같아서요."

"그냥? 입에 발린 소린 집어치워. 하기야 하겠다는데, 내가 말릴 이유는 없지. 알아서 해."

"네."

"그나저나, 너 이름이 뭐냐?"

"김윤찬입니다. 좀 전에 말씀드렸는데."

"그랬냐? 미안. 얼른 서명하고 따라와. 나 먼저 가 있을 테니까."

"네."

이상종 교수가 서둘러 수술방으로 향했다.

"여기다 하면 되는 겁니까?"

"네. 괜한 짓을 하시는 것 같은데?"

사기균이 시큰둥한 표정을 지었다.

"사람은 살리고 봐야 하잖아요."

사인을 마친 난, 이상종 교수의 뒤를 따랐다.

수술방.

뚜뚜뚜뚜, 뚜뚜뚜뚜.

수술방에 들어가니 이미 박한 교수가 마취 준비를 하고 있
었다.

"누구?"

박한 교수가 물었다.

"누구긴? 인턴 나부랭이지."

이상종 교수가 퉁명스럽게 말했다.

"잘생겼네? 잘해 보자고!"

선한 인상의 박한 교수였다.

"감사합니다."

"이 교수, 이번 환자, 쉽지 않겠는데? 언뜻 보니 뼈 마디마
디가 분해된 것 같아. 건드리기만 해도 바스라지겠어."

"그렇겠지. 10미터 갱도 아래로 떨어졌는데."

"이쯤 되면 내장들도 다 녹아났을 것 같은데 말이야."

"일단 열어 봐야 알겠지. 준비는 다 된 거지?"

"물론이지. 바로 시작해도 돼."

"좋아! 그러면 시작하자고. 메스!"

이상종 교수가 무덤덤한 표정으로 손을 내밀었다.

"교수님, 아무리 바쁘시더라도 드랩(환부를 소독하는 작업)은

하시고 시작하시는 게 좋을 것 같은데요?"

"드랩?"

내 말에 이상종 교수가 멈칫했다.

"멋진데? 교수가 메스를 잡았는데, 그걸 홀딩하게 만들어?"

박한 교수가 피식거렸다.

"죄송합니다. 아무리 급해도 기본은 지켜야 한다고 말씀하셨습니다."

"인턴 말이 맞네! 이 정도로 망가진 상태라면 감염 위험도 크니까."

박한 교수가 날 두둔했다.

"그게 누군데?"

이상종 교수가 물었다.

"고함 교수십니다."

"뭐? 너, 고함 밑에 있었어?"

"아뇨, 흉부외과 인턴 돌 때 뵈었습니다."

"잠깐, 그러고 보니 네가 겁대가리 없이 심낭천자 한 놈이구나?"

"네."

"고 교수가 말한 꼴통이 너였군."

"꼴통이면 고함 교수 입에서 나온 최고의 칭찬인 것 같은데?"

박한 교수가 입꼬리를 말아 올렸다.

"젠장, 그냥 고함 같은 놈이겠지. 시간 없으니까 잡담은 그만하고 시작하자고."

"오케이!"

이상종 교수가 환자의 온몸에 짙은 갈색의 베타딘을 도포하고 수술포를 씌웠다.

드디어 개복수술이 시작되었다.

뚜뚜뚜뚜.

환자의 복부를 갈라 보니 상황은 예상보다 심각했다.

우선 비장 파열.

외부의 압력에 의해 비장이 찢어졌다.

혈종으로 잔뜩 부풀어 오른 복강은 검붉은 피를 머금고 있어 건드리기만 해도 넘쳐흐를 것 같은 상황이었다.

문제는 비장 파열뿐만이 아니라는 것.

췌장 또한 너덜너덜해진 상황이었다.

그뿐만 아니라 잔뜩 부풀어 오른 장에 간까지 찢어져 출혈이 심했다. 최악의 상황이었다.

"황 간호사, 피브린(수술용 지혈제) 때려 넣어!"

"네."

파, 파팟, 파파팟.

핏줄기가 팔팔 끓어오르는 용암처럼 솟구쳐 올랐다.

이곳을 막으면 저곳이 터지고 저곳을 막으면 이곳이 터져 버렸다.

터져 버린 댐 구멍처럼 곳곳에서 터진 피가 사방팔방으로 튀었다.

"젠장, 아랫돌 빼서 윗돌 막는 격이군."

피 칠갑을 한 이상종 교수가 수술용 클립을 들고 터진 혈관을 막으며 악전고투하고 있었다.

"제기랄, 도저히 안 되겠네. 혈관을 막아……."

"교수님, 스트레이트 바스큘라 클램프. 여기 있습니다."

바스큘라 클램프는 출혈이 심해 혈관을 임시로 폐쇄하는 겸자였다.

"지금 이 상황에 내가 뭘 하려는지, 알고 있었다는 거야?"

"네, 포털 베인(간문맥) 잡으려고 하시는 거 아닙니까?"

"그걸 알았다고? 어떻게?"

"공부해서 알았습니다."

"공부를 해서? 개소리! 그게 공부한다고 되는 게 아냐. 지금 넌, 이 타이밍에 내가 바스큘라 클램프가 필요하다는 걸 정확히 알고 있었다는 거고, 그렇다면 지금 이 수술을 이해하고 있다는 건데, 그게 말이 되냐고! 인턴 주제에?"

"교수님, 외람되지만 지금은 그게 중요한 게 아닐 듯싶습니다. 일단, 수술부터 마무리하시죠."

"그래야지. 너, 다음에 내 방으로 와. 클램프 줘."

"네, 교수님."

수술 초반 당황했던 기색도 잠시, 이상종 교수가 안정을 찾기 시작했다.

1시간, 3시간, 그리고 7시간.

툭, 툭툭.

시뻘건 피를 머금은 거즈가 버킷에 쌓여 가기 시작했다. 어느새, 남아 있는 혈액팩도 모두 소진된 상황이었다.

"여기 잘 안 보⋯⋯."

쏴아.

난, 이상종 교수의 말이 떨어지기도 전에 석션을 시작했다.

"⋯⋯."

이상종 교수의 표정을 보니 '이 새끼 뭐야?'란 눈치다.

"노말셀라인 풀드립 할까요?"

피가 모자란다. 지속적인 출혈로 혈압이 곤두박질치는 상황이다.

그렇다면 임시방편을 쓸 수밖에. 혈액을 확보할 때까지 임시적으로 식염수를 공급해 혈압을 잡는 방법이었다. 인턴으로서는 감히 생각도 못 할 행동이긴 했다.

"어?"

연속되는 후두부 강타. 이상종 교수가 벙찐 표정을 지었다.

"이 교수, 김윤찬 선생 물건인데?"

"물건은 무슨? 그냥 서당개겠지."

"이 정도 되는 서당개 봤어?"

"자네는 쓸데없는 소리 말고 환자 바이탈이나 꽉 잡아."

"안 그래도 혼신의 힘을 다해 붙들고 있다고!"

쨱각쨱각.

밑도 끝도 없이 흘러간 시간. 지칠 법도 하지만 이상종 교수를 비롯한 수술방에 모인 의료진은 고도의 집중력을 잃지 않았다.

10시간의 사투.

끝내 이상종 교수는 찢어진 비장을 절제하고 췌장, 간 일부를 봉합하는 데에 성공했다.

"수고하셨습니다, 교수님!"

"너도 수고했다."

"세상 오래 살다 보니 별일이 다 있군."

박한 교수가 마스크를 벗으며 말았다.

"뭐가?"

"이 교수가 수술방에서 조수한테 수고했다는 말을 했던 적이 있었나? 내 기억으론 단 한 번도 없었던 것 같은데?"

"문제 있어?"

"아니, 뭐 딱히 문제라기보단 신기해서."

"신기한 것도 많다. 10시간 동안 버티는 걸 보니, 나중에 몸빵은 될 것 같아서야. 이 바닥에서 체력 좋은 것도 장점이라면 장점이니까."

"에이, 교수님, 그 정도가 아닌 것 같은데요? 제가 보니까 김윤찬 선생, 열 레지던트 안 부럽겠던데요, 뭘!"

황진희 간호사가 나를 향해 '엄지척'을 했다.

"별로 한 것도 없는 애한테 괜히 허파에 바람 넣지들 마쇼."

"에이, 좋으시면서."

"좋긴."

"김윤찬 선생, 오늘 정말 수고 많았어요. 우리 병원에 계속 있으면 얼마나 좋아?"

황진희 간호사가 양손을 모았다.

"제가 해야 할 일을 했을 뿐입니다."

"아니에요. 지금까지 제가 본 인턴 중에 최고예요. 거의 교수급이던데요."

"시끄러! 개뿔 교수는! 난 뭐, 교수 타이틀을 딱지치기해서 딴 줄 알아? 인턴 나부랭이한테 그게 무슨 망발이야!"

이상종 교수가 피가 튀어 원래 색깔이 붉은색인 걸로 착각할 만큼 벌겋게 물든, 비닐 앞치마를 벗어 던졌다.

"김윤찬 선생, 이 교수가 기분 좋아서 저러는 거야. 이해
해."

박한 교수가 등을 두드려 주었다.

"네."

"저 인간은 항상 저런 식이야. 내가 보기엔 자네가 맘에
드나 본데?"

"설마요."

"아냐, 아까 말했잖아. 이 교수가 조수 칭찬하는 거 처음
봤다고."

"그냥, 제가 체력이 좋아서."

"그것도 능력이야. 아무튼, 내가 봐도 김윤찬 선생은 좋은
외과의가 될 자질이 보여. 열심히 하도록 해."

언제나 온화한 성품의 박한 교수였다.

아랫사람을 도닥여 주고 품어 주는 인품이었다.

"네, 교수님. 열심히 배우겠습니다."

휴, 첫날부터 빡세네.

그렇게 수술은 잘 마무리될 수 있었다.

"김윤찬 선생, 이상종 교수님이 좀 보자네요."

샤워를 마치고 나오자 황진희 간호사가 날 불렀다.

"알겠습니다."

잠시 후, 이상종 교수실.

"요즘 것들은 뭘 좋아하는지 몰라서 이것저것 시켜 봤다. 사양치 말고 들도록."

테이블 위에 잔뜩 놓인 음식, 중국 음식에 피자, 거기에 치킨까지.

아무튼, 천하의 이상종 교수가 사다 놓은 음식인 것만큼은 틀림없었다.

"교수님, 같이 드시죠. 음식이 너무 많은데요?"

"그걸 왜 못 먹어? 우리 땐, 수술 마치면 메스도 씹어 먹었어. 혼자 다 처먹어. 아주 남기면 국물도 없는 줄 알아?"

쾅, 이상종 교수가 서둘러 문을 박차며 밖으로 나갔다.

어쩜 고함 교수랑 똑같냐? 둘이 쌍둥인가?

박한 교수의 말대로 무뚝뚝하고 감정 표현에 서툰 양반.

인간 이상종 교수의 매력이자 서툰 애정 표현 방법이었다.

이 많은 걸 어떻게 다 먹나?

후우, 차려진 음식을 내려다보니 한숨이 절로 났다.

♡

"김윤찬 선생, 지금 이 환자 인튜베이션(기도 삽관) 해 봐."

"네."

난 환자의 입안에 있는 이물질을 제거하고 침착하게 앰부백에 산소를 채웠다.

관에 틈이 있는지 없는지 유심히 살펴본 후, 공기를 모두 빼고는 능숙하게 기관 삽관을 시도했다. 깔끔한 마무리까지.

누가 봐도 분명 인턴급 실력은 아니었다.

하긴, 난 인턴이 아니긴 하지.

"됐고, 자가 호흡 돌아온 것 같으니까, 앰부 그만 짜고 산소 주입해."

"네, 교수님."

탄광촌의 특성상, 외상 환자들이 쉴 새 없이 들이닥친다. 도저히 정선분원의 인력으로는 감당이 되질 않는다.

하지만 이상종 교수와 난 1인당 100의 투지로 환자들을 치료하고 있었다.

나와 이상종 교수는 어느새 조금씩 호흡이 맞아 가고 있었다.

그렇게 시간이 흘러 일주일 후.

조금씩 병원 생활에 적응하고 있을 무렵, 두 명의 서울 본원 사람이 이곳을 찾아왔다.

두 명의 본원 사람 중 한 명은 서울 본원에서 소아과 레지던트로 근무하는 윤이나였다.

정선분원을 뛰쳐나간 두 명의 레지던트를 대신해 그녀가

정선분원에 파견됐다.

난 윤이나와 함께 자판기 커피를 들고 휴게실로 향했다.

"어떻게 여길?"

"호호, 왜요? 제가 온 게 맘에 안 드나요?"

"아뇨, 선배님이 오실 줄은 생각도 못 했거든요."

"괜히 섭섭한데요?"

"그게 아니라, 다들 여기에 오는 것을 꺼려 하잖아요."

"하긴, 달리 황천길이겠어요?"

"그러니까요."

"어쩌다 보니 이곳에 오게 됐네요. 그나저나 반가워요. 저도 윤찬 쌤을 만날 줄은 몰랐어요."

윤이나가 환한 미소로 손을 내밀었다

"네. 그나저나 여긴 소아과가 없는데?"

"그거야, 뭐. 전 소아외과를 전공할 거니까 겸사겸사요."

"아."

"그나저나 이상종 교수님, 좀 괴팍하죠?"

"글쎄요. 괴팍한 것보단, 좀 특이하다고 할까요?"

"괴팍한 거나, 특이한 거나."

후루룩, 윤이나가 커피를 한 모금 마셨다.

"다르죠. 괴팍하다는 건 이상하다는 건데, 이상종 교수님은 다른 거지 이상하진 않거든요."

"그건 이상종 교수님이 꽤 괜찮다는 뜻?"

"물론이죠. 히포크라테스 선서를 몸소 실천하시는 분이시니까."

"에이, 거창하게 히포크라테스까지야."

"이나야!"

그 순간, 이상종 교수가 어둠을 뚫고 모습을 드러냈다.

이나야?

"네, 삼촌!"

삼촌?

이상종 교수가 윤이나의 삼촌인 건가?

"어? 꼴통도 같이 있었네?"

"네, 본원에서 소아과 돌 때 인연이 있어서요. 그나저나."

"뭘 그렇게 빤히 쳐다봐? 그래, 이 녀석이 내 조카다."

"아, 네."

"너희들 여기서 뭐 해? 야심한 밤에?"

"그게 아니라."

"아니긴! 내가 경고한다만, 괜히 내 조카한테 집적거렸다간 아주 내 손에 죽는 줄 알아!"

이상종 교수가 주먹을 말아 쥐었다.

민행텍티
리벤즈

"삼촌, 너무 나갔잖아! 본원에서 알게 된 사이라고 했을 텐데?"

윤이나가 민망한 듯 입을 삐죽거렸다.

"그래도 남녀칠세부동석이란 말도 몰라?"

"지금이 조선 시대예요?"

"아무튼!"

이상종 교수가 못마땅한 표정을 지었다.

"그나저나 많이 놀랐죠? 제가 미리 말 안 해서 미안해요."

윤이나가 멋쩍은 표정을 지었다.

"네, 조금."

"다들 그래요. 제가 외삼촌 조카라고 하면 아무도 믿질 않더라."

당연하지.

세상에 시커먼 멧돼지같이 생긴 이상종 교수가 윤이나의 삼촌이라니, 그걸 누가 믿겠수?

"네, 그러네요."

"그렇긴 뭐가 그래? 다들 이나가 나를 빼다 박았다고 하던데."

"풋."

"웃어?"

"흠흠, 죄송합니다."

"아무튼, 두 사람 싸우지 말고 사이좋게 지내도록 해. 넌 우리 이나한테 흑심 품지 말고."

"삼촌!"

윤이나가 발끈하며 나섰다.

"알았어, 알았어. 그러면 피곤할 텐데, 얼른 기숙사에 들어가 쉬어."

"네."

"누나가 걱정할 텐데 바로 전화드리고."

"응."

"응이 뭐야? 앞으론 호칭에 신경 쓰도록 해."

"네, 교수님!"

"야, 꼴통! 네가 금쪽같은 내 조카, 기숙사까지 데려다줘. 운전은 할 줄 알지?"

"네."

"자, 키."

이상종 교수가 차 키를 내던지듯 던졌다.

"네."

어처구니없군!

윤이나가 이상종 교수의 조카라니.

한편 정선분원에 발령받은 또 한 사람, 최고.

"사무장님, 지금부터 최근 2년간, 모든 회계장부를 제게 제출해 주세요."

"네, 원장님!"

"얼마나 걸릴까요?"

"모든 자료를 정리해서 보고하려면……."

"아뇨, 정리는 내가 할 테니까, 있는 그대로 제출해 주세요. 얼마나 시간을 드리면 되겠습니까?"

"그래도 한 일주일은."

"일주일 후에도 당신이 이 자리에 있을 수 있을까요?"

최고가 사기균을 날카롭게 응시했다.

"네?"

"딱 하루 드리겠습니다. 주사기 하나, 솜 한 장이라도 구매한 것이 있으면 빼놓지 말고 보고하세요."

"네, 원장님!"

사기균이 땀을 뻘뻘 흘리며 어쩔 줄 몰라 했다.

최근 2년간 공석으로 있던 정선분원의 원장으로 임명된 자가 최고였다.

최고는 경영학을 전공한 비의료인 출신이었다.

만성 적자에 시달리는 정선분원을 쇄신코자 이곳에 특별 배치되었다는 후문이었다.

어느 정도 업무 파악을 마친 최고가 자신의 방으로 이상종 교수를 호출했다.

"앉으십시오."

"네."

"차 한잔하시겠습니까?"

"그러지요."

그렇게 어색한 시간이 흐르자 최고가 침묵을 깨며 입을 열었다.

"이곳에 오신 지 얼마나 되셨습니까?"

"한 3년째 되어 가는군요."

"힘드시지 않습니까? 이 교수님의 실력이라면 좀 더 좋은 환경에서 일하실 수 있으실 것 같은데."

"아뇨, 갈 데 없수다."

"그럴 리가요? 우리나라 최고의 외과의신데."

"저 같은 의사는 널리고 널렸어요."

"겸손하실 필요 없습니다. 좀 더 큰 병원으로 가시면 더욱 실력이 빛나실 텐데요."

"여기서도 충분히 빛납니다."

"그런가요? 하긴 그 실력이 어디 가겠습니까? 그건 그렇고, 실례가 되지 않는다면, 제가 뭐 하나만 여쭙죠."

"좋으실 대로."

"그동안 이 교수님이 집도하신 환자가 얼마나 되는지 아십니까?"

"글쎄요. 세어 보지 않아서 잘 모르겠군요."

"그러면 제가 가르쳐 드리죠. 계산해 보니 주당 3.2명, 총 460명이 넘더군요?"

"그렇습니까?"

"근데 문제가 좀 있어요."

"뭔 문제요?"

"정말 몰라서 묻습니까?"

"모르니까 묻죠."

"그러면 제가 현실을 직시할 수 있도록 해 드리죠. 460명의 환자 중에 제대로 수술, 치료비를 지불한 환자는 겨우 절반을 좀 넘은 수치더군요. 이게 말이 된다고 생각하십니까?"

"아, 그거 때문에 바쁜데 부르신 겁니까?"

이상종 교수가 짜증스러운 듯 미간을 좁혔다.

"그거 때문에요? 교수님 월급은 공짜로 나가는 줄 아십니까? 솜 한 장, 주사기 한 개는 누가 적선해 줄까요? 과자 회사는 과자를 팔아 직원들에게 월급 주고 자동차 회사는 자동차 팔아야 광고도 하고 공장도 짓는 겁니다."

"여긴 공장도 아니고 더군다나 사람은 물건이 아니니, 그런 비유는 적절하지 않은 것 같군요."

"병원이나 자동차 회사나 영리를 추구한다는 면에선 다르지 않습니다. 게다가 의료비 외상이라뇨?"

"외상 모릅니까? 동네 구멍가게에서도 외상은 해 주잖아요?"

"그게 말이 됩니까?"

"그러면 사람을 과자나 자동차에 비유하는 건 말이 됩니까?"

단 한 걸음도 물러서지 않는 이상종 교수였다.

나물 캐는 할머니

"좋습니다. 지난 일은 거론하지 않을 테니, 앞으로는 이런 일은 절대로 없도록 주의해 주십시오."

"사람 살리려면 어쩔 수 없죠."

"그게 왜 우리 병원이어야 합니까? 대한민국에 우리 병원밖에 없나요?"

"네, 이 근처에 병원은 여기뿐입니다."

"우리 병원이 자선단체입니까?"

최고가 매출 장부를 내보이며 목에 핏대를 세웠다.

"네, 맞아요, 자선단체."

"뭐라고요?"

"도 이사장님이 애초에 이 병원을 설립하실 때, 지역 의료 개선을 위한 목적이었죠. 의료 사각지대에 놓인 환자들을 치료할 목적이었다는 것을 모르셨나 보군요?"

"적자에 허덕이라는 말은 아니었을 텐데요?"

"적자에 허덕여요? 그럴 리가."

"아니, 이 교수님! 지금 이렇게 명백하게 숫자로 표시되어 있는데, 그게 무슨 어불성설입니까? 지금 현재까지 누적 적자가 20억이 넘어가고……."

"웃기는군. 이런 걸 아전인수라고 하는 겁니다. 어떻게 자기 목구멍밖에 생각을 안 하지?"

이상종 교수가 단칼에 최고의 말을 잘라 버렸다.

"말씀이 좀 지나치시군요. 이러다가 더 이상은 병원 운영을 할 수 없을지도 모릅니다."

"아닐 텐데?"

"그게 무슨 말씀입니까? 지금처럼 적자가 누적되면……."

"최 원장, 지금부터 제 말 똑똑히 새겨들으세요. 정선분원 때문에 정부에서 지원받는 눈먼 돈이 매년 10억여 원, 세금 감면으로 생기는 잠재적 이익이 연간 20억 가까이 됩니다. 간호사, 의사 채용하고 처우 개선하는 데 쓰라고 준 그 돈, 본원에서 꿀꺽해 놓고 적자를 운운해요? 이렇게 황금 알을 낳는 병원을 처분한다고? 지나가던 개가 웃어요."

팩트 폭격이었다.

실제로 정선분원은 연희서울병원의 입장에선 효자 중에

효자였다.

매년 지급되는 지원금에, 세금 감면 효과에 노블레스 오블리주를 실천한다는 무형의 이미지 개선 효과까지.

분원 자체는 만성 적자에 시달렸지만, 서울 본원은 상당한 이익을 누리고 있었다.

이 부분이 만성 적자에 시달리는 정선분원을 폐쇄하지 않는 이유였다.

그럼에도 불구하고 최고는 분원의 의료 매출 자체까지도 흑자로 돌려놓으려고 했다.

야심만만한 장사꾼 최고.

분원 원장에 만족할 인간이 아닌 그였기에 이참에 도 이사장의 눈도장을 확실히 받아 두려는 포석이었다.

"아무튼, 더 이상 무연고자 무료 진료 및 수술은 불가합니다. 그렇게 아세요."

"누구 맘대로요?"

"금일부터 제가 이 병원의 원장입니다. 제 방침에 따라 주십시오."

"그렇게 못 하겠다면요?"

"못 해요? 그러면 할 수 없죠. 방을 비워 주시는 수밖에."

"저, 방 없는데?"

"지금 말장난할 때가 아니잖습니까?"

언짢은 듯 최고의 미간이 마구 꿈틀거렸다.

"당신이야말로 장난하는 겁니까? 내 눈에 흙이 들어가는 한이 있어도 그렇게는 못 해. 병원 앞에 돗자리 깔아 놓는 한이 있더라도 난, 치료할 거니까 자르든지 말든지 맘대로 하쇼."

쾅!

이상종 교수가 문을 박차고 밖으로 나갔다.

"사무장님, 금일부터 우리 병원의 매출 상황을 일일 보고 하세요. 특히, 이상종 교수 진료비 내역은 더욱더 신경 쓰셔야 할 겁니다. 주삿바늘 하나 수술실 하나 빠짐없이 기록해서 보고하세요."

"알겠습니다."

그렇게 첨예하게 대립을 시작한 두 사람.

최고는 병원의 수지 개선에 초점을 맞춰 모든 것을 바꾸려 들었고, 그럴 때마다 사사건건 이상종 교수와 마찰을 빚을 수밖에 없었다.

그러던 어느 날, 두 사람이 정면으로 맞붙을 수밖에 없는 사건이 터지고 말았다.

"응급 환자입니다!"

구급대원들이 들것에 실린 환자 한 명을 데리고 들어왔다.

의식을 잃은 채, 온몸에 크고 작은 타박상을 입은 노파였다.

"어떻게 된 겁니까?"

응급실에 근무 중이던 윤이나가 제일 먼저 환자의 상태를 살폈다.

"네, 신원 미상의 환자로, 동학산 인근에서 의식을 잃고 쓰러져 있는 걸, 등산객이 발견한 모양입니다. 산나물이 잔뜩 담긴 바구니가 있는 걸로 볼 때, 나물을 캐다가 낙상한 것으로 예상됩니다."

구급대원이 환자의 상태를 설명했다.

"네, 일단 환자 베드에 올려놔 주세요. 윤찬 쌤, 좀 도와주세요."

"네."

그러고는 윤이나가 곧바로 혈압을 체크했다.

"윤찬 쌤, 노르에피네프린(신경 전달 물질, 교감신경에 작용해 혈압을 올리는 효과가 있음.) 1앰풀 까서 식염수에 희석해 주세요. 일단, 혈압부터 잡아야 할 것 같아요."

"그렇게 할게요."

윤이나의 진단은 적절했다.

의식을 잃은 상태에서 혈압까지 급격히 떨어지는 환자.

자칫 하이포텐시브 쇼크(저혈압 쇼크)가 올 수 있는 상황이었다.

촤악.

윤이나가 커튼을 치고 환자의 웃옷을 벗겨 내자 멍이 가득한 할머니의 몸이 드러났다.

울룩불룩 튀어나온 복부.

분명, 충격에 의한 내장 파열을 의심해 볼 만한 소견이었다.

"복강을 세척해야 할 것 같은데요?"

복부 외상 환자가 틀림없었다.

두부에 3센티가량의 열상이 있는 것으로 볼 때, 언덕에서 굴러떨어지면서 의식을 잃은 것이 틀림없었다.

이럴 경우, 가장 현명한 방법은 윤이나의 말대로 복강 내(內)에 관을 삽입해 상태를 살펴보는 것이었다.

"스플린 럽쳐(비장파열)를 의심하시는 건가요?"

"네, 피가 잔뜩 고여 있는 것 같아요. 카테터 빨리요!"

제법이네.

"여기 있습니다."

"국소마취 할 수 있죠?"

"물론이죠."

난, 그녀의 오더에 따라 환자의 복부에 국소마취를 했다.

마취가 끝나자 윤이나가 지체 없이 복강 세척술을 시작했다.

배꼽을 기준으로 치골 라인을 따라 1/3 지점을 손끝으로 가늠해 보더니, 메스를 들고 환부를 살짝 절개해 관을 삽입했다.

아주 깔끔한 처리였다.

괜찮네.

"어, 잘못 삽입한 건가?"

관을 타고 피가 딸려 나오지 않자 윤이나가 당황한 표정을 지었다.

그 정도면 나쁘진 않아. 지금부터는 내가 할게.

"제가 좀 해 볼게요."

"할 수 있겠어요?"

"뭐, 한번 해 보죠. 거기 생리적 식염수 좀 주시겠어요?"

"여기요."

난, 관을 따라 생리적 식염수를 1리터 정도 투여했다. 그러자 식염수와 함께 붉은 피가 섞여 나왔다.

"비장 파열을 의심해 볼 만하겠죠?"

"그렇긴 한데, 백혈구 검사를 해 봐야 하지 않을까요?"

"아뇨, 여기 보세요. 음식물 찌꺼기가 섞여 나오잖아요. 음식물 찌꺼기가 나올 정도면, 비장은 물론이고 장도 파열됐다는 방증이죠. 바로 개복수술을 해야 할 것 같아요."

"아, 그래요. 이상종 교수님한테 바로 연락을."

"뭐야? 산에서 굴러떨어진 환자라고?"

최악.

때마침 이상종 교수가 커튼을 걷어 젖히며 안으로 들어왔다.

"네, 교수님! 지금 복강 세척을 했는데, 아무래도 스플린(비장) 파열에 장출혈도 있는 것 같습니다."

이상종 교수가 뽑힌 혈액이 담긴 트레이를 살펴보며 고개를 끄덕였다.

"대충 그런 것 같네. 바로 수술실로 옮기자고."

수십, 수차례 이와 유사한 환자들을 치료했던 경험이 많은 이상종 교수였기에 환자의 상태만 봐도 뭐가 문제인지 단번에 알 수 있을 정도였다.

"교수님, 잠깐만요! 정확히는 모르겠지만, 단순히 비장 파열만 있는 것 같지는 않아요."

"뭐가 더 있다는 거야?"

"아무래도 신장도 의심됩니다. 찢어진 것 같아요."

"근거는?"

"여기요."

난, 할머니 환자의 다리 사이로 흘러내리는 피를 가리켰다.

"헤마투리아(혈뇨)잖아!"

"네, 유심히 살펴봤는데, 소변이 나오며 처음부터 끝까지 붉은색을 유지하고 있는 것으로 볼 때, 분명 신장에 문제가 생긴 게 틀림없어요."

"계속해 봐."

"산에서 굴러떨어질 정도의 충격이라면 신장도 손상을 입었을 확률이 매우 높거든요."

"……."

"패혈증 위험은 다소 있지만, 비장이야 터졌으면 절제해 버려도 크게 무리가 되진 않지만 신장은 아니지 않습니까?"

"맞아, 충분히 그럴 수 있어. 일단, 개복해 봐야 알겠지만, 스플렉토미(비장 절제술)하면서 신장도 살펴보도록 하지."

"네."

"일단, 윤이나 선생은 박한 선생한테 연락해서 노티하고 혈액형 확인해서 피 좀 많이 확보해 놔. 그리고 김윤찬 선생은 나랑 같이 이 환자 옮기자고."

"네, 교수님."

윤이나가 서둘러 수술방 쪽으로 발걸음을 옮겼다.

"저도 수술방에 들어갑니까?"

"그러면? 나 혼자 해? 가뜩이나 요즘 눈이 침침해서 잘 보이지도 않는데?"

"아, 네."

"뭐 해! 빨리 환자, 옮기자고."

"네, 교수님!"

드르륵.

난 스트레처 카를 밀고 응급실을 빠져나왔다.

"잠시만요! 우리 병원에서는 안 됩니다!"

그 순간, 사기균이 막아섰다.

"지금 무슨 개소리를 떠들어 대는 거야? 지금 환자 위독한 거 안 보여? 저리 안 비켜!"

"절대, 못 갑니다."

사기균이 양팔을 벌린 채, 스트레처 카를 막아섰다.

"비켜!"

"그, 그게 아니라 교수님, 저 좀 살려 주세요. 절대로 무연고 환자는 받지 말라는 지시가 떨어졌다고요. 제발!"

사기균이 볼멘소리로 애원했다.

"누가?"

"누구긴 누굽니까? 이 병원 원장인 제가 지시했습니다. 절대로 그 환자 수술방에 데리고 못 들어갑니다."

그 순간, 최고 원장이 주머니에 양손을 찔러 넣은 채 모습을 드러냈다.

"원장님, 그러면 이 환자 죽을 수도 있습니다."

나 역시 끼어들지 않을 수 없었다.

"보호자 데리고 와서 수술 동의서에 서명하면 가능합니다."

"무연고자인데, 어디서 가족을 찾습니까? 동의서는 박 대원님이 서명하기로 했습니다!"

"매사 그렇게 '눈 가리고 아웅'을 해 왔으니 병원 재정이

이 모양 이 꼴이 되는 겁니다. 문제가 생길 소지가 있는 것은 절대로 해서는 안 되죠. 다른 병원으로 이송시키세요. 우리 병원에서는 절대 안 됩니다."

최고 원장이 단호하게 고개를 내저었다.

"제기랄, 한여름도 아닌데, 똥파리 한 마리가 날아다녀?"

"네? 지금 뭐라고 하셨습니까?"

"왜요? 똥파리세요?"

"경고하는데, 참는 것도 한계가 있습니다."

최고가 매의 눈으로 이상종 교수를 검지로 가리켰다.

"박 대원이 동의서에 서명했고, 모자란 수술비는 내가 부담하겠다는데, 도대체 뭐가 문제라는 거요?"

"언제까지 이렇게 주먹구구식으로 병원을 운영할 겁니까?"

"내가 말했죠? 원래의 이 병원은 완전 자선 병원의 형태로 만든 거라고. 돈은 돈대로 받아 처먹고 우리 병원엔 1원 한 장 쓰지도 않으면서 그런 말 할 자격이 있나? 김윤찬 선생, 당장 환자 데리고 수술방으로 들어가!"

"네, 교수님!"

"당신, 매사 이런 식으로 안하무인격이면 본사, 교수 회의에 회부시키겠습니다."

최고가 이상종 교수에게 으름장을 놨다.

"그러니까 비키라고."

"해고될 수 있을 수도 있습니다!"

"해."

"교수직에서 물러나실 수도 있다는 겁니다. 그래도 괜찮으시겠어요?"

좌악.

최고의 말이 떨어지기가 무섭게 이상종 교수가 출입증을 거칠게 잡아끌었다.

"이거 너 가져. 이러면 된 거냐?"

"하대하지 마십시오."

"머리에 피도 안 마른 새파란 놈이 말하는 거 보소? 나, 이제 너희 회사 직원 아냐! 윤찬 선생, 빨리 들어나 갑시다. 이러다 환자 죽어."

"네, 교수님."

"비켜!"

이상종 교수가 거칠게 최고의 몸을 밀어젖혔다.

수술방.

팟, 팟팟.

할머니를 수술방에 옮겨 놓자 대낮처럼 밝은 조명에 불이 들어왔다.

"박 교수, 준비된 거지?"

"물론이야. 시작해."

"윤이나 선생, 혈액은 확보해 뒀나?"

"네, 12팩 확보해 캐비닛에 넣어 뒀습니다."

"오케이. 이제 시작하자고. 황 간호사, 메스!"

"네."

한결 여유로운 표정의 황진희 간호사가 이상종 교수의 양 손에 메스를 쥐여 주었다.

어려운 수술임에는 틀림없었으나 그렇다고 불가능한 수술 은 아니었다.

경험이 많은 박한 교수와 이상종 교수라면 말이다.

일단 터져 버린 비장을 적출하는 비장절제술은 큰 문제가 되지 않았다.

문제는 신장 상태가 최악이라는 것. 할머니의 신장은 심각 할 정도로 갈기갈기 찢어져 있었다.

"박한 교수, 어떻게 해야 돼?"

제아무리 경험이 많은 이상종 교수라도 갑갑할 수밖에 없 었다.

"그러게 말이야. 난감하네."

일반적으로 신장 파열의 단계는 5단계다.

그중 할머니의 단계는 4단계에 속했다.

미래엔 의학 기술이 발달해 4단계 파열까지는 절제를 하지 않았으나, 지금은 신장을 들어내는 것 말고는 답이 없는 상황이었다.

설상가상, 문제는 그것뿐만이 아니었다.

멀쩡할 것으로 생각했던 할머니의 또 다른 한쪽 신장도 거의 망가져 있는 상태였다.

"미치겠네. 오른쪽 신장도 거의 다 망가졌어. 이 정도면 찢어진 신장이 아니라 오른쪽 신장을 적출해야 할 것 같은데? 거의 다 썩었어."

"그러게 말이야. 이걸 어떻게 해야 하지?"

박한 교수가 환자의 상태를 살펴보더니 혀를 내둘렀다.

"어쩌지?"

이상종 교수가 난감한 표정을 지었다.

천하의 그라도 지금은 뭔가 할 수 있는 게 없었다.

로봇 신우요관문합술만 할 수 있다면 좋으련만.

나 역시 딱히 방법이 없었다.

"레날 펠비스(신우)가 거의 다 파열돼서 절제 말고는 답이 없을 것 같은데?"

이상종 교수의 표정이 좋지 않았다.

"그렇게 되면, 환자는 평생을 투석기를 달고 살아야 할 텐데?"

"그렇다고 이 상태로 놔둘 수는 없잖나? 지금 출혈량도 위험 수준이야. 자칫 목숨을 잃을 수도 있어. 오른쪽 신장이 그나마 10% 정도는 살아 있으니까, 최대한 버티다가 신장 공여자가 나타나면 이식수술을 해야지."

이상종 교수가 턱짓으로 바스켓에 산더미처럼 쌓인 거즈를 가리켰다.

"그 방법 말고는 달리 방법이 없는 것 같군. 일단 절제하고 추후에 이식수술을 해야 할 듯싶어."

그건 절대 안 된다.

지금의 할머니 상태라면 신장을 잘라 내서는 안 된다. 오른쪽 신장 상태를 봤을 때 왼쪽 신장을 절제하고 나면 신장이 아예 없는 것과 같을 터. 어떻게든 왼쪽 신장을 살려야 했다. 어떻게든.

"교수님, 외람되지만 왼쪽 신장을 절제하면 안 될 것 같습니다!"

"지금으로서는 선택의 여지가 없어!"

"교수님, 지금 오른쪽 신장 상태로 볼 때, 왼쪽을 잘라 내면 글로메루로네프라이티스(사구체신염)에 유리나리 리텐션(요폐) 같은 합병증이 올 겁니다. 할머니 못 버텨요. 게다가, 언제 신장 공여자가 나올지도 불투명하잖아요."

"틀린 건 아닌데, 지금으로선 방법이 없어. 선택지는 하나야."

교수님이시라면 하실 수 있습니다.

"교수님, 선택지가 하나 더 있습니다."

"그게 무슨 말이야?"

"파열된 레날 펠비스(신우)만 제거하고 소변이 나올 수 있는 새로운 길을 터 놓은 다음에, 기존의 유레터(ureter, 요관)를 연결하면 가능할지도 모르겠습니다."

"지금 판타지 소설 쓰나?"

"아니야. 전혀 불가능하지만은 않을 것 같은데? 한번 도전해 볼 만해."

박한 교수가 거들어 주었다.

"저도 얼마 전에 미래 기술이라는 의학 잡지에서 읽은 것 같아요! 미래에 의료 로봇이 상용화되면 충분히 가능하다고 하던데요?"

윤이나도 거들기 시작했다.

"그거야 말 그대로 미래의 얘기지. 지금은 2000년이라고. 수술 부위를 최소 열 배 이상 3D로 확대할 수 있는 기술이 개발되고 정교한 로봇 팔이 상용화되기라도 한다면 어쩌면 가능할 수도 있겠지만, 지금은 불가능해."

이상종 교수만이 회의적인 반응이었다.

네, 맞습니다. 지금은 불가능하죠. 미래에 개발될 기술이니까요.

하지만 로봇이 해낼 수 있다면 교수님의 손도 하실 수 있습니다.

그만큼 교수님의 손은 정확하십니다.

"교수님, 하실 수 있습니다!"

"말도 안 돼. 신우요관 이행부가 너무 짧아서 사람의 손으로는 연결하기 힘들어! 다들 미친 거 아냐?"

"교수님, 확률이 적지만 불가능한 건 아닙니다."

"이봐, 김윤찬이, 자칫 혈관을 건드리거나 요관 손상이 오면, 안 하니만 못해."

"그것도 건드렸다는 가정하의 얘기죠. 이대로 신장을 떼어 내면 이 환자, 가망 없다는 걸 누구보다 교수님께서 잘 알고 계시잖습니까?"

난 어떡하든 이상종 교수를 설득해야 했다.

"너무 위험해. 성공한다는 건 기적이야. 아니, 내가 지금 무슨 생각을 하는 거야? 이건 불가능해."

이상종 교수가 격하게 머리를 흔들었다.

"기적도 사람이 만드는 겁니다."

"……."

"그래, 이 교수! 이론적으로 가능한 얘기라면 실전도 가능한 거야. 신우요관 이행부가 짧은 건 사실이지만 그렇다고 접근 못 할 정도는 아니라고. 게다가 이 교수는 요관 문합술을 해 본 경험도 많잖아. 한번 해 볼 만한 도전이라고 생각해, 난!"

박한 교수가 망설이고 있는 이상종 교수를 설득했다.

"교수님, 하실 수 있습니다!"

"삼촌, 저도 삼촌이 성공할 거라고 믿어요!"

"저도요. 저, 지금까지 교수님 모시면서 저승 문턱까지 갔던 환자들 멱살 잡고 이승으로 데리고 오신 거, 수도 없이 목격했어요. 교수님이라면 하실 수 있습니다."

마지막으로 황진희 간호사도 달려들어, 이상종 교수를 독려했다.

"다들 왜 그래?"

이상종 교수가 당황한 듯 말끝을 올렸다.

"교수님!"

"이 교수!"

거의 동시에 터져 나온 목소리.

모두들 주먹을 불끈 쥐어 보이며 파이팅을 외쳤다.

"교수님, 이 환자 살려 주십시오!"

"……까짓것 해 보지."

이상종 교수가 잠시 눈을 감았다 떴다.

"삼촌, 진짜 잘 생각하셨어요! 우리 삼촌, 너무 멋지다!"

윤이나가 얼굴에 함박 미소를 띠었다.

"너, 병원에선 삼촌이라고 부르지 말라 했지?"

이상종 교수가 눈을 흘겼다.

"참! 죄송합니다, 교수님! 다신 안 그럴게요."

"됐고! 일단, 윤이나 선생은 나가서 피 좀 더 가지고 와. 최대한 많이."

"네!"

"다들 잘 들으세요. 제가 지금 무슨 짓을 하는지는 잘 모르겠지만, 여기 있는 모두, 저와 같은 생각일 겁니다. 사람을 살리러 이곳에 모였고, 그랬으면 살려야 합니다. 지금부터 이 환자를 살린다는 생각 말고는 머리를 비우세요."

"……."

"김윤찬 선생 말대로 기적도 사람이 만드는 겁니다. 지금부터 0.1%의 가능성을 100%로 만들어 보겠습니다. 그게 우리의 존재 이유니까요."

마음의 결정을 한 듯, 이상종 교수가 두 주먹을 불끈 쥐었다.

"네, 교수님!"

잔뜩 상기된 의료진의 표정엔 자신감이 넘쳐흘렀다.

"좋습니다. 저승사자와 맞짱 뜨러 갑시다!"

"네, 교수님. 파이팅!"

그런 이상종 교수의 파이팅에 의료진은 강렬한 눈빛으로 화답했다.

난 본능적으로 알 수 있었다.

이번 수술이 대성공을 거둘 것이라는 것을.

하지만 말처럼 수술은 쉽지 않았다.

"김 선생, 혈관 터질 것 같아! 막아!"

"네, 교수님!"

"윤이나, 피 몇 개 있어?"

"이제 두 팩뿐인데요?"

"그래? 일단 식염수 때려 넣고, 피 6팩만 더 가져와."

"남은 피 없을 것 같은데요?"

"만들어. 어떻게든 만들어 와."

"제가 알아볼게요. 아마 진성병원에 여유분이 있을 겁니다."

"그래? 빨리!"

황진희 간호사가 데스크로 달려가 황급히 전화를 걸었다.

파핏!

물총으로 쏘듯, 쉴 새 없이 뿜어져 나오는 검붉은 피.

이상종 교수의 고글이 붉게 물들었다. 이쪽을 막으면 저쪽이 터지는 진퇴양난의 순간이었다.

최진희 간호사가 거즈를 들고 이상종 교수의 눈과 이마를 닦아 주었다.

교향곡!

이 모든 수술 과정은 점점 고조돼 클라이맥스로 향해 가는 교향곡 같았다.

이상종 교수는 의료진을 진두지휘했고, 의료진은 각자 맡은 역할을 120퍼센트 발휘하며 꺼져 가는 한 생명을 구하기 위해 혼신의 힘을 다했고, 마침내 그들은 조물주와의 싸움에서 이길 수 있었다.

"됐어, 잡았어!"

7시간의 사투.

파열된 신우를 떼어 내고 요관을 연결하는 데 성공한 이상종 교수와 의료진이었다.

"교수님, 수고하셨습니다!"

"삼촌, 최고! 최고예요!"

로봇의 팔을 빌려야 했던 이 어려운 수술을 이상종 교수가 맨손으로 해냈다.

하아.

이상종 교수의 얼굴이 벌겋게 달아올랐고 마스크를 벗자 뜨거운 김이 입속에서 뿜어져 나왔다.

"바이탈은?"

"나쁘지 않아. 지금 상태라면 괜찮을 것 같아."

"휴, 다행이네."

비틀비틀.

그때서야 긴장이 풀렸는지 이상종 교수가 중심을 못 잡고 비틀거렸다.

"괜찮습니까?"

"괜찮아. 윤찬이 너는 괜찮니?"

수술방에서 조수들한테 수고했다는 소리마저 한 적 없는 그였지만 오늘만큼은 달랐다. 이상종 교수의 눈빛이 이토록

따뜻했는지 처음 알았다.

"네, 괜찮습니다."

"오늘 수술은 네가 다 한 거나 다름없다, 꼴통!"

"제가 뭘요."

"교수님, 저는요? 저는 칭찬 안 해 주세요?"

윤이나가 샐쭉거리며 끼어들었다.

"윤 선생도 고생 많았어. 이리저리 뛰어다니느라."

"제가 원래 다리 하나는 튼튼하잖아요. 교수님, 최고예요!"

이 사람들과 함께라면!

그렇게 불가능할 것 같던 수술은 이상종 교수를 위시한 의료진의 헌신적인 노력으로 성공을 거둘 수 있었다.

♥

할머니는 수술을 마친 후, 중환자실로 옮겨졌다.

처음엔 위태위태했다.

처음 이틀간은 후유증에 시달리더니 점차 회복돼 일반 병실로 옮길 수 있었다.

"할머니, 좀 괜찮으세요?"

"그럭저럭요."

"네, 이제 금식 풀고 가벼운 죽 정도는 드셔도 무리가 없을 것 같아요.”

수술 후, 3일간 콧줄에 의지했던 할머니. 많이 야윈 모습이었다.

“그나저나 이 은혜를 어떻게 갚는데요?”

“그런 말씀 하지 마세요. 저흰 그저 해야 할 일을 했을 뿐입니다.”

“어휴, 내가 어떻게든 수술비는 마련할게요. 이런 병원이 어디 있는감? 돈도 안 내고 수술을 다 받고.”

“걱정 마세요. 이상종 교수님이 이곳저곳 정부 쪽에 알아보고 계십니다. 할머님처럼 형편이 어려운 분들을 도와주는 단체가 많거든요.”

“나 같은 늙은이도 해당이 될까요?”

“네, 할머님처럼 힘들게 사시는 분들을 도와주라고 그런 단체도 있고, 기부도 하는 겁니다. 아무 걱정 마세요.”

“어머나, 세상에! 이렇게 고마울 데가. 복 받을 겁니다, 의사 양반!”

할머니가 내 두 손을 꼭 쥐었다.

❤

다음 날, 김 할머니 병실.

“할머님, 이젠 더 이상 입원해 계실 수 없습니다. 다른 병원으로 옮기시든 하세요."

아침부터 사기균이 정산서를 들고 와 독촉했다.

"아이고, 매정해라. 힘없는 늙은이가 어떻게 이렇게 많은 돈을 갑자기 만듭니까? 조금만 더 시간을 주세요."

"아뇨, 저희도 참을 만큼 참았습니다. 더 이상은 안 돼요. 병원 방침입니다."

"아픈 환자한테 무슨 짓입니까?"

"김윤찬 선생은 빠지세요. 병원 방침입니다."

"사무장님, 너무하시네요. 오갈 데 없는 분한테 어떻게 이러실 수 있어요?"

황진희 간호사가 사기균의 팔목을 잡아챘다.

"황 간호사님, 어쩔 수 없어요. 원장님의 지시가 떨어졌다고요. 저는 좋아서 이러는 줄 아십니까?"

"아무리 그래도 어떻게."

"여기 혹시 김복순 할머니 병실입니까?"

그렇게 사기균과 실랑이를 벌이고 있는 사이, 낯선 사람들이 김 할머니를 찾아 병원을 찾아왔다.

"네, 맞긴 한데, 무슨 일이십니까?"

"그렇군요. 의원님, 잘 찾아온 것 같습니다!"

의원? 무슨 의원?

"그래? 천만다행이군."

곧이어, 중년의 남자가 뒤따라 병실 안으로 들어왔다.

희끗희끗한 머리에, TV 시사 프로그램에도 출연했던 낯익은 얼굴이었다.

그는 국회의원 한반도였다.

"어, 어머님! 이게 어떻게 된 일이십니까?"

한반도가 김 할머니를 보자마자 한걸음에 달려왔다.

어머니? 이건 또 뭐지?

"왔니?"

김 할머니가 갑자기 사투리를 쓰기 시작했다.

"네, 어머니. 이게 도대체 어떻게 되신 겁니까? 김 비서한테 소식 전해 듣고 깜짝 놀라 이렇게 달려왔습니다."

"김 비서, 그 간나 새끼가?"

"네, 어머님한테 하도 연락이 되질 않아 김 비서를 찾아갔었습니다. 이런 일이 있으시면 저한테 연락을 하셨어야죠. 이게 무슨 꼴이십니까?"

"괜찮다. 나 안 죽는다. 그나저나 나랏일 하느라 바쁜 사람이 이런 데 와도 되니?"

놀랍게도 김 할머니의 목소리가 쩌렁쩌렁 울렸다. 조금 전과는 180도 다른.

"당연히 와야죠."

'어디서 많이 본 얼굴인데?'

황진희 간호사가 갸우뚱거렸다.

"아, 맞다! 국회의원! 한반도 씨가 맞는 것 같은데?"

갑자기 사기균이 목소리 톤을 높였다.

"국회의원요?"

"네, 맞아요, 국회의원. 아저씨, 저분 국회의원 맞죠?"

사기균이 옆에 있던 수행원에게 물었다.

"네, 맞습니다."

수행원이 고개를 끄덕였다.

"거봐요, 국회의원 맞잖아요!"

사기균이 호들갑을 떨었다.

"그런데 국회의원이 여길 왜 온 거예요?"

"그거야 당연히……. 그러네요? 왜죠?"

도대체 국회의원이랑 할머니가 무슨 관계인 거야?

나 역시 궁금했다.

"죄송하지만, 환자분과는 어떤 사이십니까?"

한반도에게 물었다.

"누구?"

"김윤찬이라고 합니다. 이 병원 인턴입니다."

"인턴? 당신 말고 이분 주치의 오라고 하세요."

한반도가 김윤찬을 위아래로 훑더니 고압적인 자세를 취했다.

"간나 새끼, 어디다 싸가지를 내쌌니? 내 목숨 구해 준 은인한테 이게 무슨 망발이니? 당장 사과하지 못하겠어?"

그 순간 김 할머니가 버럭거렸다.

"네?"

"니 귀가 먹었니? 너, 그렇게 사람 보는 눈이 없어 가지고 정치하겠니? 하는 꼬락서니를 보니까 이번엔 틀렸다. 국회 의원이고 나발이고 때려치라."

"죄송합니다, 어머님."

"죄송하면 당장 사과하라! 날 살려 준 은인이야. 앞으로도 깍듯이 대하라. 알간?"

"아, 네. 알겠습니다."

당황한 한반도가 식은땀을 흘리며 쩔쩔맸다.

"선생님, 몰라봬서 죄송합니다. 제가 실수를 범했습니다."

"아뇨, 괜찮습니다."

"윤찬 선상, 저 간나 새끼 어릴 때부터 하도 불쌍해서 거 둬다 키운 놈이야. 이젠 금배지 달았다고 거들먹거리는 게 아주 가관이야."

김할머니가 한반도를 향해 검지를 흔들거리며 혀를 찼다.

이 할머니는 도대체 뭐지?

"네?"

"아마 김 선생도 TV에서 봤을 텐데? 뭐 잘난 것도 없으면 서 뻔질나게 얼굴 디밀었으니까."

"아, 네."

"김 선생, 당황할 것 없어. 내가 다 죽게 생겼다는 소식을 어디서 주워듣고 확인차 기어 온 모양인데, 곧 갈 거니까 신경 쓰지 말라."

"어머님, 그냥은 못 갑니다. 하루라도 빨리 큰 병원으로 옮기시는 게 좋겠습니다."

한반도가 질색하며 고개를 내저었다.

"쓸데없는 소리 말고 당장 꺼지라. 너 같은 사람이 똘마니들 떼거리로 몰고 와서 어슬렁거리면 민폐야, 민폐!"

"아니, 아무리 그래도, 좋은 병원도 많은데, 왜 하필 이런 병원에?"

"너, 내가 같은 말 두 번 하는 거 봤니?"

"아, 네. 죄송합니다, 어머님."

"난, 여기가 좋아. 그러니까, 쓸데없는 짓 하지 말고, 이런 데 기어 올 시간 있으면, 고아원, 양로원이라도 한 번 더 댕기라."

"네에, 알겠습니다."

"야, 그리고 이왕 온 김에 너 돈 좀 있니?"

"돈요?"

"그래, 있으면 좀 빌리자. 이자는 못 주니까 그런 줄 알고."

"네, 얼마나 필요하신지? 가지고 있는 현금이 얼마 안 돼서."

한반도가 황급히 지갑을 꺼내 들었다.

"잠깐 기다려 보라. 이보, 사무장, 아까 병원비가 얼마나 밀렸다고 했습니까?"

할머니가 사기균을 향해 손짓했다.

"아, 네. 그게……."

"아까는 입에 게거품을 물며 달려들지 않았니? 왜 지금은 반찬 집어 먹은 강아지 꼴을 하고 있는 거니? 얼마라고 그랬니, 입원비가?"

"이분, 병원비가 많이 밀렸습니까?"

한반도가 미간을 찌푸리며 사기균을 노려봤다.

"그냥 조금 밀려서."

"제가 알기로는 이 병원, 지역 의료 발전을 위해 설립된 공적인 성격이 강한 곳으로 아는데. 아닙니까?"

"맞습니다, 당연히 그렇죠."

사기균의 눈동자가 갈 길을 잃은 듯 우왕좌왕했다.

"그런데 이런 식으로 정산서 들고 와서 진료비 독촉해도 되는 겁니까?"

"아, 아니요! 독촉은요, 무슨! 그런 게 아니라……."

"아니긴 뭐가 아닙니까? 이분이 누구신 줄 알고 감히……."

"야, 너, 쓸데없는 소리 지껄이면 국물도 없는 줄 알라."

김 할머니가 한반도의 입을 틀어막았다.

"아니, 그래도."

"조용히 입 꾹 다물고 있으라."

"네, 알겠습니다. 아무튼, 서울로 올라가는 즉시, 보건복

지부에 확인토록 하겠습니다."

"아니, 아니, 그게 아니라, 제가 그런 게 아니라 원장님의 지시 때문에 어쩔 수 없이."

약삭빠른 사기균이 그 상황에서 책임을 원장한테 전가했다.

"시끄럽습니다. 어려운 사람들 치료해 주라고 나라에서 돈 주고, 세금 혜택 주는 건데, 이런 식으로 환자들을 홀대한다는 것이 말이 됩니까? 이번 기회에 아주 하나하나 제대로 밝혀 보도록 하죠. 김 보좌관!"

"네."

"일단, 어머님 진료비 정산해 드리고 즉시, 보건복지부, 윤 국장한테 내가 보잔다고 연락 좀 넣어요."

"네, 의원님. 그렇게 하겠습니다."

"윤찬 쌤, 사무장 표정 좀 봐요? 앓던 이가 빠진 기분이네요, 호호호!"

황진희가 손으로 입을 가린 채 웃었다.

저 할머니 도대체 뭐야?

김 할머니 병실.
한바탕 소란이 있고 난 후, 김 할머니가 나를 불렀다.

"윤찬 선생, 나 바람 좀 쐐도 돼요?"

"아직은 좀 그런데요."

"옷 따숩게 입고 나가면 되잖아요."

"……네, 그렇게 하시죠."

난, 김 할머니를 휠체어에 태워 밖으로 나왔다.

"많이 놀랐죠, 김 선생."

"네, 조금요."

"조금은 무슨, 많이 놀란 눈치던데요."

"네, 솔직히 많이 놀랐습니다. 국회의원이 할머님을 찾아올 것이라곤 생각도 못 했으니까요."

"그러게 말입니다. 내가 나서지 말라고 신신당부했는데, 어떻게 알고 찾아왔는지 모르겠네요."

"어째든 그 덕분에 문제가 해결된 것이니까요. 그나저나, 할머님, 말 낮추셔도 됩니다."

"그래도 될까?"

"그럼요. 제가 손자뻘인데요."

"호호호, 정말 싹싹도 하셔라. 그럴까요?"

"네, 편한 대로 하세요."

"아이고, 어쩌면 말도 이렇게 예쁘게 하누, 손녀라도 있으면 손녀사위 삼으면 딱 좋겠구먼."

"예쁘게 봐 주셔서 감사합니다."

"김 선생이 아니었으면 이미 난 저세상 사람이었을 거야."

"이상종 교수님 이하 여기 계신 의료진이 최선을 다해서 좋은 결과가 있었던 것 같습니다."

"나도 알아. 지금까지 내가 쭉 지켜보니까, 그 족제비 같은 사무장만 빼놓고는 다들 심성이 곱고 바르더라고."

"아, 네. 맞습니다."

"맞아, 그런 것 같아. 그나저나 내가 좀 알아보니 이 병원, 하나부터 열까지 제대로 굴러가는 게 없는 빌어먹을 곳이더군. 그래서 말이야, 내가 김 선생을 좀 도와주려 하는데."

"네? 할머님이요? 뭘요?"

"왜? 치료비도 없어서 돈 빌려 내는 사람이 헛소리를 하니, 노망난 것처럼 보이는감?"

"아뇨, 그게 아니고, 너무 뜻밖의 말씀이셔서. 그나저나 어떻게 도움을 주신다는 건지?"

"겉은 이렇게 쭈그렁밤탱이 노인네처럼 보여도 힘을 좀 써."

"아, 네."

"그래서 말인데……."

할머니가 천천히 자신의 의견을 말했다.

"정말요?"

"그럼, 난 거짓말 안 한다. 내가 이 병원에 후원자가 돼 줄 테니까, 너 내 양아들 할 거니?"

"양아들요?"

"그래, 1.4 후퇴 때, 나 혼자 이남으로 넘어왔어. 그때부터 이를 악물고 살았다. 안 해 본 장사가 없어. 나중엔 미 8군에 식자재를 대면서부터 큰돈을 만졌지 뭐니."

"아, 네."

"그리고 나니까, 똥파리 같은 것들이 들러붙지 않겠니? 반도 그놈아도 처음엔 얼마나 초롱초롱했는지 아니?"

"그랬으니 국회의원이 됐겠죠."

"그래서 틀려먹었다는 거야. 그 간나 새끼, 구정물에 발을 들여놓은 다음부터는 눈빛부터 흐리멍덩하게 변했어. 말하라. 내 양아들 할래, 안 할래?"

"어머님께 말씀드려 보고 허락하시면 그렇게 하겠습니다."

"정말이니?"

"네, 그 전에 제가 할머님께 부탁 하나 드려도 될까요?"

"뭐든 말하라."

"네, 할머니. 그러면……."

그리고 얼마 후, 김 비서란 사람이 비밀리에 날 찾아왔다.

"이 병원, 이래도 되나 싶을 정도로 썩었더군요."

한적한 곳으로 자리를 옮긴 김 비서가 입술을 뗐다.

"그 정도입니까?"

"그래요, 일단 이것부터 확인해 보시죠."

김 비서가 심각한 표정으로 자료를 넘겼다.

이럴 수가!

서류 봉투를 열어 내용물을 확인하는 순간, 난 벌린 입을 다물 수가 없었다.

의료 기기 업체와의 검은 커넥션.

초음파 검사기, 엑스레이 기기 등등 의료 장비부터 각종 약물, 심지어는 주사기 하나까지 리베이트를 받지 않은 업체가 없었다.

그 중심에 사기균이 있었으며, 이곳에서 근무했던 경험이 있던 전, 현직 교수들 중에 사기균을 통해 리베이트를 챙기지 않은 교수는 이상종 교수 말고는 없을 정도였다.

말 그대로 앞으로 막고 뒤로 새는 꼴이었다.

"이거 확실한 정보인가요?"

"확실합니다."

"어이가 없군요."

"그나저나, 어떻게 할 생각입니까? 제법 규모도 있고, 전, 현직 교수들이 연루돼 있어서 쉽지 않을 텐데?"

"썩은 살은 도려내야죠."

"선생님이 직접 나서면 위험해질 수 있을 텐데요? 우리 쪽에서 한번 알아봐 드릴까요?"

"아뇨, 그러실 필요 없습니다."

이 정도 메가톤급 폭탄이라면 터뜨리기에 딱 좋은 장소가 있지.

"제가 알아서 처리하겠습니다."

"그러시죠. 또 필요하신 거 있음 말씀하십시오. 회장님이 선생님을 끝까지 도와드리라고 하셨습니다."

"회장님요?"

"모르셨습니까? 우리 회장님이 아마도 대한민국에선 현금이 가장 많으실 겁니다. 인맥도 어마무시하시고요."

"그, 그 정도십니까?"

"물론이죠."

"정말 대단하신 분이군요."

"아무렴요."

그렇게 난 김 비서와 헤어진 후, 곧바로 고함 교수님께 전화했다.

안녕, 정선분원!

며칠 후, 최고 원장은 예상대로 이상종 교수를 교수 회의
에 회부했다.

본원 교수 회의.

의대 교수들이 회의를 마치고 밖으로 나왔다.

고함 교수와 이상종 교수의 표정은 한없이 밝은 반면, 최
고 원장의 얼굴은 흙빛이었다.

"사기균, 그 인간이 좀 음흉한 데는 있어도, 그런 짓을 할
간 큰 위인이라고는 꿈에도 생각지 못했어."

"그러니까 열 길 물속은 알아도 한 길 사람 속은 모른다고
하잖아."

"그러게 말이야. 거기다 한상길 그 인간까지. 정말 어처구

니없군."

"쓰레기 같은 것들이지."

"하긴, 허구한 날, 진료 내팽개치고 골프 치러 다닐 때부터 좀 수상하긴 했지."

"그래, 아니 땐 굴뚝에서 연기 날까? 그 인간은 본원에 있을 때부터 싹수가 노랬다고."

"하여간, 그놈의 돈이 웬수야, 웬수! 그나저나, 그 자료들은 어디서 난 거야?"

이상종 교수가 궁금한 듯 물었다.

"글쎄올시다. 당신 살려 내라고 하늘에서 뚝 떨어졌나 보지."

고함 교수가 시치미를 뗐다.

"이 사람아, 그게 무슨 뚱딴지같은 소리야? 괜한 소리 말고 빨리 말해 봐. 나도 까맣게 모르고 있던 자료를 어떻게 자네가 가지고 있는 거냐고?"

"아무튼, 그런 게 있어. 다, 하늘이 도운 걸로 알고 있으면 돼!"

"그래서, 뭐? 내가 당신이 전화하면 기다렸다가 받아야 하는 거야?"

사기균의 전화를 받은 최고 원장이 목소리 톤을 높였다.

─아, 아니, 뭔가 오해가 있는 겁니다.

"당신, 지금부터 죽었다고 복창이나 해! 바로 내려갈 테니까, 당신 단단히 각오하는 게 좋을 거야."

'이렇게 개망신을 줘?'

딸깍, 최고 원장이 송곳니를 드러내며 거칠게 핸드폰 폴더를 덮었다.

그동안 숨겨져 있던 사기균의 사기 행각이 적나라하게 드러나는 순간이었다.

♥

그렇게 시간이 흘러, 12월.

예정된 인턴 연수가 마무리될 즈음, 온갖 비리 사실이 적발된 사기균은 곧바로 강제 퇴직을 당한 후 법적인 처리 절차를 밟았고, 비리에 연루된 몇몇 교수 역시도 각각의 사안의 경중에 따라 크고 작은 징계를 받게 되었다.

또한, 이번 사건과 직접적인 연관이 없기는 했지만, 최고 원장 역시 사퇴의 길을 걸었다.

결국, 이상종 교수님이 후임으로 원장에 임명되었다.

"할머니, 퇴원 축하합니다."

또한, 김 할머니도 놀라운 회복 속도를 보이면서 퇴원할 수 있었다.

"됐고. 너, 끝까지 내 말 안 들어 처먹을 거니?"

"좀 더 생각할 시간을 주십시오."

"생각이고 나발이고 빨리 결정하라. 맘 변하기 전에."

"모자 간의 인연을 맺는데, 그렇게 쉬워서야 되겠습니까?"

"배짱이니?"

"아뇨, 이렇게 해야 몸값이 더 오른다고 하더라고요."

"누가 그런 빌어먹을 소릴 하든?"

"농담이에요, 농담!"

"젠장, 어디서 못된 것만 배워 가지고. 아무튼, 김 다 새 버렸다. 최대한 빨리 답 가지고 오라, 맘 변하기 전에."

"목마른 사람이 우물 판다고 했습니다. 전, 아직 목이 마르지 않아요."

"고, 종간나 새끼, 지금 나랑 밀당하는 거니?"

"뭐, 그럴 수도 있고요."

"망할 놈, 나를 가지고 들었다 났다 하는구나."

"죄송합니다."

"됐고. 자, 받아라. 내 핸드폰 번호야. 이 번호 하나를 받으려고 인간들이 얼마나 지랄 발광을 하는 줄 아니?"

"그래요? 저는 잘 모르겠는데."

"하여간, 이 종간나 새끼는 어쩔 수 없구만. 언제든지 마음 변하면 바로 연락해라. 알간? 나 성격이 급해서 오래 못 기다린다?"

"네, 그렇게 할게요. 그동안 몸조리 잘하세요."

"싫다!"

"왜요?"

"그래야 네놈이 조금이라도 나한테 맘을 쓸 거 아니니?"

"그런 걱정은 하지 마세요. 걱정은 하고 있습니다."

"그래, 믿는다."

김 할머니가 온화한 미소와 함께 내 손을 잡아 주었다.

"네."

"너도 너무 무리하지 말고. 건강 챙기라. 필요한 거 있으면 바로 연락하고. 알간?"

"네, 할머니. 그렇게 할게요."

아직은 이럴 때가 아니야.

본원에서 못다 이룬 꿈을 펼쳐야 하지 않겠나?

김 할머니가 정선병원을 인수해 내게 맡기려 했지만, 난 고사했다.

하지만 아쉬울 건 하나도 없었다.

대한민국 최고의 현금왕이자 화려한 인맥을 자랑하는 분을 양어머니로 모시기로 했으니까.

이보다 든든한 동아줄이 어디 있으랴.

그렇게 난 후일을 기약하며 김 할머니와 잠시간의 아쉬운 작별을 고했다.

이상종 교수실.

"매정하게 떠나겠다고?"

"네, 교수님."

"쳇, 말 한번 잘하네."

"본원에서 할 일이 있습니다."

"너 없어도 본원은 잘 돌아가."

"그렇겠죠."

"새끼, 표정을 보니까 잡는다고 잡힐 놈이 아니군."

이상종 교수가 입가에 씁쓸한 미소를 띠었다.

"언젠가는 이곳으로 다시 돌아올 겁니다."

"어느 세월에?"

"그렇게 길지는 않을 겁니다."

"이 녀석아, 다들 그렇게 말하고는 코빼기도 안 비치더라."

"아닙니다. 반드시 돌아오겠습니다."

"됐고! 그러면 우리 이나는?"

"네? 그게 무슨 말씀이신지?"

"이놈아, 내가 괜히 이나를 이 촌구석으로 불러들인 줄 알아?"

"음, 전 교수님이 무슨 말씀을 하시는지 모르겠는데요?"

"하여간, 그런 눈치로 본원에서 잘도 붙어 있겠다. 됐고! 빨랑 내 눈앞에서 사라져."

"네, 종종 찾아뵙겠습니다."

"하여간, 지지리 인복도 없지. 고함 그 인간은 전생에 나라를 구했나? 무슨 인복이 차고도 넘쳐? 뭐 해, 빨리 사라져. 맘 변하기 전에."

"네, 교수님. 그동안 건강하십시오."

"가라 가. 그럼 그렇지 내 복에⋯⋯."

쳇, 이상종 교수가 의자를 돌려 앉았다.

잠시 후.

"가요. 제가 터미널까지 태워다 줄게요."

이상종 교수실에서 나오자 윤이나가 자신의 차를 몰고 왔다.

"버스 타고 가도 되는데?"

"나도 그냥 태워 줘도 되는데?"

"네?"

"타요. 백만 년 만에 나타난 금쪽같은 전공의인데, 이 정도 수고는 아무것도 아니죠. 얼른요!"

"아, 네."

난 할 수 없이 그녀의 차에 올라탔다.

"추워요? 히터 좀 더 올릴까요?"

"아뇨, 괜찮습니다."

"네에. 그나저나 공부는 많이 했어요? 며칠 있으면 전공의 선발 시험이잖아요?"

"뭐, 그럭저럭요."

"이렇게 배웅까지 했는데, 전공의 시험 떨어지는 거 아닌가? 그러면 헛수고인데."

윤이나가 백미러를 힐끗거렸다.

"흉부외과는 이 바닥에서 3D라 안 떨어져요."

"그래도 좋은 성적 나오면 좋죠. 거기 옆에 콘솔 박스 열어 봐요."

윤이나가 턱짓으로 콘솔 박스를 가리켰다.

"뭐가 있나요?"

"후후후, 열어 보면 알아요."

"어, 이거 족보 맞죠?"

콘솔 박스를 열어 보니 스프링 노트 한 권이 들어 있었다.

"네, 맞아요. 매년 문제가 비슷비슷하니까 읽어 두면 도움이 될 거예요."

"고맙습니다."

"고맙긴요. 제가 고맙죠. 김윤찬 선생 없었으면 우리 삼촌 큰일 날 뻔했잖아요."

"그게 왜 제 덕입니까?"

"응큼 떨 것 없어요. 고함 교수님께 다 들었으니까."

"아, 네."

"그나저나 삼촌이 이상한 소리 안 해요?"

"무슨?"

"괜히 제 얘기 같은 거요."

"아뇨, 아무 말도 없으셨는데요."

난 모른 체 시치미를 뗐다.

"삼촌이 무슨 말을 했건 신경 쓸 것 없어요."

"아, 네. ……그나저나, 선배님은 이곳에 남으실 건가요?"

"그럼요. 전 여기가 좋아요. 아등바등 안 살아도 되고, 교수님들한테 잘 보이려고 애쓰지 않아서 더 좋고!"

"네, 이상종 교수님 곁에 선배님 같은 분이 계셔서 다행이네요."

"글쎄요. 제가 얼마나 도움이 될지 모르겠네요."

"아뇨, 선배님이라면 충분히 잘 해내실 겁니다."

"감사합니다. 자! 이제 우리 헤어질 시간이네요?"

그렇게 대화를 나누는 사이, 어느새 버스 터미널에 도착해 있었다.

"잘 가요."

"네."

"윤찬 쌤, 정말 고마웠어요."

"제가 뭐 한 게 있나요."

"아니에요. 삼촌이 내색은 안 했지만 윤찬 씨가 여기 있는

동안, 얼마나 좋아하셨는데요. 저, 최근 들어 그렇게 밝은 삼촌 얼굴 첨 봐요."

"그랬나요?"

"그럼요."

"다행이네요."

"우리 나중에 또 볼 수 있는 거죠?"

"물론이죠. 언젠가는 이곳으로 다시 돌아올 겁니다."

"호호, 좋아요. 그 거짓말 한번 믿어 보죠."

"거짓말 아닌데?"

"알았어요. 버스 시간 늦겠어요. 어서 들어가요."

"네, 그럼."

그렇게 난, 윤이나와 헤어져 버스 승강장으로 발길을 옮겼다.

다시 본원으로 돌아온 나는 흉부외과에 지원했다.

TO는 넷. 하지만 지원자는 나와 이택진뿐이었다.

당연히 합격이었다.

그렇게 나와 택진인 흉부외과에서 지옥과도 같은 레지던트 1년 차를 맞이했다.

"여기요. 순댓국 두 그릇 주세요. 내장 꽉꽉 채워서요."

수술을 마친 고함 교수와 난 근처 순댓국집에 들렀다.

"교수님, 저 내장은 못 먹는데요."

"헐, 내장 없는 순댓국을 무슨 맛으로 먹나? 그러면 내장 빼라고 해? 아줌마, 여기……."

"아닙니다. 오늘부터 내장 맛을 좀 들여 보도록 하겠습니다. 그냥 주십시오."

"당연하지. 안 먹어 봐서 그렇지, 맛들이면 그거 없인 순 댓국 못 먹지."

"네, 한번 먹어 보겠습니다."

뿌얀 국물에 갖가지 내장이 흐느적거리는 순댓국. 조심스럽게 한 숟갈 떠 입에 넣으니 역시나 물컹거리는 식감.

게다가 좀 전에 봤던 수술 장면이 떠올라 속이 울렁거렸다.

"못 먹는다고 하더니, 잘 먹네?"

"아, 네. 생각보다 맛이 괜찮은데요?"

씹으면 씹을수록 속이 느물거렸다.

"거봐라, 이게 순댓국의 참맛이지. 수술 끝내고 이렇게 뜨 거운 국물을 좀 마셔 줘야 원기가 돋지. 많이 들어."

"네, 교수님."

"자네, 오늘 당직이라면서?"

"네, 이제 들어가 봐야 합니다."

"그래, 그럼 수고하고 내일 병원에서 보자고."

"네, 피곤하실 텐데, 어서 들어가셔서 쉬십시오."

"피곤하긴 뭐. 이 짓 원투데이 하나. 그래, 따가리 생활 고단할 텐데, 잘 버텨 봐. 해 뜰 날 있을 거야."

툭툭.

고함 교수님이 내 어깨를 두드려 주었다.

며칠 후, 흉부외과 의국.

본격적으로 시작된 전공의 생활, 이젠 담당 환자까지 배당받아 힘겨운 나날을 보내고 있었다.

"김윤찬 선생, 나 좀 봐."

레지던트 3년 차, 천기수가 손가락을 까닥거렸다.

"네, 선생님."

"이거 받아."

천기수가 던지듯 책상에 차트를 올려놓았다.

"이게 뭐죠?"

"하은이 차트야."

"아, 네. 결과가 어떻게 나온 겁니까?"

"차트 보면 알 거 아냐? 아무튼, 지금 환자 대기실에 보호자 와 있으니까, 가서 말씀드려. 아무래도 수술 들어가야 할 것 같다. 것도 쉽지는 않겠지만."

"네, 알겠습니다."

정하은.

이제 갓 백일이 지난 너무나 귀여운 아기가 치명적인 심장병을 앓고 있었다.

"안녕하세요. 하은이 보호자분 되십니까?"

환자 대기실에서 기다리고 있는 50대쯤으로 보이는 부부.

바짝 긴장한 모습으로 복도를 서성거리고 있었다. 말하지 않아도 하은이 보호자라는 걸 한눈에 알 수 있었다.

"네, 저희가 하은이 부모예요."

"하은이 부모님들은 어디 가셨나 보죠?"

"아, 그게."

할머니로 보이는 여자가 말을 더듬거렸다.

"네. 일단, 부모님들이 오시면 결과를 말씀드리도록 하겠습니다. 혹시, 멀리 계시면 나중에 다시……."

"의사 선생님, 제가 하은이 애비 되는 사람입니다. 이 사람은 제 안사람이고요."

수줍은 듯 남자가 말문을 열었다.

앗, 실수다!

"아, 네. 그러시군요. 죄송합니다."

나도 모르게 얼굴이 벌겋게 달아올랐다.

"아니에요. 아니에요."

겉보기에도 나이가 들어 보이는 노부부.

결혼한 지 20년이 넘은 중년의 부부로, 결혼 초부터 수차례 유산을 반복했었다고 한다.

한때 아이 가지길 포기했었으나, 결국 각고의 노력 끝에 지금의 아기를 가졌다는 사연이었다.

그런 아기가 큰 병에 걸렸으니 얼마나 상심이 컸겠는가.

"그나저나, 우리 하은이 검사 결과는 나왔나요?"

결과를 묻는 아이 아빠의 목소리가 미세하게 떨렸다.

"네, 오늘 결과가 나왔습니다."

"우리 하은이 어떻게 되는 건가요? 수술해야 하는 건가요?"

아이 엄마의 눈엔 이미 굵은 눈물방울이 맺혀 있었다.

"네, 지금으로선 그 방법밖에는 없을 것 같습니다."

"수술하면 우리 하은이 살 수 있는 거죠? 그렇죠?"

아이 아빠가 매달리듯 물었다.

"수술은 교수님께서 하시는 것이라, 제가 뭐라고 말씀드릴 순 없습니다."

"아, 네. 그나저나 우리 하은이가 무슨 병인가요?"

"팔로사징이라고 선천성 심장병을 앓고 있어요."

팔로사징(tetralogy of Fallot)이란, 심실중격 결손, 폐동맥 협착, 우심실 비대, 대동맥 기승, 이 네 개의 질병을 동시에 가지고 있는 선천성 심장병이었다.

어느 노부부의 늦둥이

"파, 팔로사징요? 그게 뭡니까?"

"음, 쉽게 설명하자면 네 개의 심장 질환이 복합적으로 나타나는 질병입니다. 그래서 팔로 '4'징이라고 합니다."

"위, 위험한 병입니까?"

하은이 부모의 눈이 잔뜩 불안해 보였다.

"네, 쉽지만은 않은 병입니다. 지금 하은이 같은 경우는 폐동맥이 막혀 있을 뿐만 아니라, 피가 서로 섞이지 말라고 좌심실과 우심실 사이에 중격이라는 벽이 있는데, 그 벽이 기형적으로 결손이 되어 있어요."

"저, 정말요? 심각한 건가요?"

"네, 수술을 바로 하지 않으면 안 되는 상황입니다. 그 외에 아올틱 오버라이딩(aortic overriding, 대동맥 기승)이라고 일반적으로 대동맥은 좌심실에서 나와야 하지만, 하은이의 경우는 심실 사이에 있는 막이 소실되어 대동맥이 좌심실과 우심실 사이에 걸쳐 있습니다……."

보호자 역시 환자의 병에 대해 알아야 했기에 최대한 이해하기 쉽게 설명했다.

"선생님, 사, 살 수는 있는 겁니까, 우리 하은이?"

파르르 떨리는 입술. 설명이 끝나기도 전에 아이 엄마가 내 팔을 잡았다.

"음, 확률적으로 말씀드리면 성공 확률이 그리 높지만은 않습니다."

풀썩.

다리에 힘이 풀렸는지 아이 엄마가 바닥에 주저앉고 말았다.

"괜찮으십니까?"

"네, 괜찮습니다."

"도대체, 우리 하은이가 무슨 죄가 있다고 이런 몹쓸 병을 앓게 된 겁니까, 선생님!"

간신히 몸을 추스른 아이 엄마가 마침내 울음을 터트리고 말았다.

"너무 걱정 마세요. 확률적으로 힘들다고 했을 뿐입니다."

"네?"

"우리 고함 교수님은 항상 확률은 무시해 왔으니까요. 전 확신합니다. 저희 교수님이 하은이 병 고쳐 주실 거예요."

"저, 정말입니까?"

"그럼요! 저도 확신합니다. 힘든 수술인 건 맞지만 불가능한 수술은 결코 아니에요. 그러니 너무 걱정 마세요. 저도 열심히 돕겠습니다!"

"감사합니다! 정말 감사합니다, 선생님."

두 부모가 내 손을 꼭 잡고 몇 번이고 고개를 숙였다.

"그나저나 우리 하은이 나중에 걸 그룹 시켜도 되겠어요?"

"걸 그룹요?"

"네네, 지금 보니 어머님, 아버님의 장점만 골고루 닮아서 미모가 빼어나더라고요."

"흑흑, 걸 그룹 아니라 제발 다른 아이들이랑 신나게 뛰어놀 수만 있었음 좋겠어요."

"그럼요. 그건 기본이고요."

"선생님!"

하은이 부모들이 감격에 겨워했다.

"김윤찬 선생!"

그렇게 하은이 부모님을 만나고 복도 끝을 돌아가려는 찰나, 한상훈 교수가 나를 향해 손짓했다.

"네, 교수님."

"혹시, 잠깐 시간 되면 저랑 커피 한잔할래요?"

"네, 잠깐은 괜찮은데, 무슨 일이시죠?"

"후후, 특별한 건 아니고, 제가 김윤찬 선생이랑 차 한잔 하고 싶어서요."

"그렇게 하시죠."

"가죠?"

"네."

8층 휴게실.

"전, 입이 싸구려라 자판기 커피를 좋아하는데, 김 선생은 어떤 거 마실래요? 아메리카노? 아님, 카푸치노?"

"아뇨, 저도 자판기 커피 마시겠습니다. 저도 입은 싸구려 입니다."

"정말?"

"네."

"우리 김윤찬 선생은 서구적으로 생겼는데 입맛은 촌스럽 네. 그럼 돈 굳은 건가?"

한상훈 교수가 환하게 웃었다.

"저기, 앉읍시다."

"네."

"따까리 생활 고되죠?"

자리에 앉자 한상훈 교수가 물었다.

"할 만합니다."

"그럴 리가요. 거짓말 좀 보태면 내가 본 전공의들, 줄 세우면 연병장 두 바퀴는 돌아요. 지금이 제일 힘들 때죠. 죄다 선배들뿐이니."

"그 정도 각오는 하고 들어왔습니다."

"좋은 마인드네요. 그나저나 많이 힘들어 보여요. 얼굴도 까칠한 게, 잠을 못 자서 그런가?"

한상훈 교수가 내 안색을 유심히 살폈다.

"아뇨, 괜찮습니다."

"그래요, 그래요. 이것도 다 지나갈 겁니다. 어디, 흔들리지 않고 피는 꽃이 있겠어요?"

"네에."

"교수님, 이젠 말 놓으세요. 제가 좀."

"불편합니까?"

"네, 쫌."

"그래요. 이제 우리 식구가 됐으니까 그러죠."

"그냥 편히 말씀하세요."

"하하하, 그래."

"그나저나 무슨 일로 저를?"

"아, 우연히 하은이 부모님께 고지하는 거 들었어."

"아, 그러셨군요."

"응, 일부러 들으려고 한 건 아닌데, 어쩌다 보니 그렇게 됐네, 미안."

후룩, 한상훈 교수가 커피를 한 모금 삼켰다.

"괜찮습니다."

"설명 잘하던데?"

"그냥, 제가 아는 대로 설명해 드렸습니다."

"아주 훌륭해. 팔로사징에 대해서 정확히 파악하고 있는 것 같더군."

"과찬이십니다."

"그런데 혹시 하은이 어머님이 풍진을 앓았던 건 알고 있나?"

"네, 알고 있었습니다."

"그래? 그런데 왜 그건 물어보지 않은 거지? 풍진이 하은이 심장병의 주요 인자인데 말이야. 몰랐나?"

"아뇨, 알고 있었습니다."

"그렇다면 말씀을 드렸어야지."

"굳이 설명해 드릴 필요가 없을 것 같아서 여쭤보지 않았습니다."

"왜 설명할 필요가 없다고 생각한 거지?"

"자책하실 것 같아서요. 돌이킬 수 없는 일로 죄책감에 시달리게 할 필요는 없다고 생각했습니다."

"……음, 감상적이군, 김윤찬 선생은."

한상훈 교수가 피식거렸다.

"치료도 사람이 하는 거니까요."

"만약에 수술에 실패하면 어쩌려고 그랬지? 모든 건 우리가 책임져야 할 텐데."

"실패하지 않을 겁니다."

"수술에 100%는 없어. 게다가 하은이는 상태가 좋지 않아."

"보호자께 말씀드린다고 수술 성공 확률이 올라가진 않습니다."

"당연하지. 하지만 최소한 수술 실패에 대한 책임은 우리가 뒤집어쓰지 않아도 되지."

"실패하지 않습니다. 고함 교수님 실력이라면요."

"어쩌지, 이 수술은 고함 교수가 아니라 내가 할 것 같은데?"

"네?"

"왜? 내가 집도한다고 하니까 갑자기 불안해지나? 좀 섭섭한데?"

"아닙니다. 제가 알고 있는 것과 좀 달라서 그랬을 뿐입니다."

"아냐, 괜찮아. 그럴 수도 있지. 그나저나, 앞으로 환자 보호자들한테 고지할 때 정확하게 알려 주도록 해."

"……."

"보호자 및 환자는 환자의 병명에 대해 정확히 설명을 들을 권리를 가지고 있다는 게, 우리 병원의 환자 권리 장전이야."

"네, 알겠습니다."

"모든 사실을 하나도 빠짐없이 환자, 그 보호자와 공유하고 있어야 혹시 나중에 생길지도 모르는 불상사를 사전에 방지할 수 있음을 깊이 새겨 두기 바라."

"네에."

"그래, 내가 괜히 분위기 무겁게 만든 것 같아서 미안한데, 우리 식사나 같이할까? 점심시간 다 된 것 같은데?"

한상훈 교수가 손목시계를 내려다봤다.

"아뇨, 저 1007호 환자 유린(소변) 체크해야 할 것 같습니다."

"그래? 뭐, 그럼 할 수 없지. 아무튼, 오늘 내가 한 말은 너무 신경 쓰지 마. 처음에는 다 그런 거니까."

"네, 교수님."

젠장, 한상훈 교수가 하은이 수술을 한다고? 불안하군.

"아, 지금 당장 하은이 부모님한테 풍진에 대해서 말씀드려. 내가 좀 있다가 확인할 거야."

"네."

PICU(소아 중환자실).

정규 업무를 마치고 하은이를 보기 위해 나는 소아 중환자실을 찾았다.

때 묻지 않은 순수한 영혼들이 생과 사의 기로에서 사투를 벌이는 이곳.

언제나 소아 중환자실을 들를 때면 발걸음이 무거웠다.

"하은아."

거미줄처럼 쳐진 링거 줄들이 뱀처럼 여린 아이의 몸을 휘감고 있었다.

그렁그렁.

쇳소리를 내며 잠들어 있는 하은이의 모습이 아슬아슬했다.

이택진이 안으로 들어왔다.

"너, 오늘 백만 년 만에 한 번 돌아온다는 오프 아냐?"

"어."

"그런데 왜?"

"여기 와 앉아 있냐고?"

"그래, 안 그래도 피곤할 텐데."

"이 녀석이 눈에 밟혀서 발이 떨어져야 말이지. 아까 링거 놓을 때 보니까 내 손가락을 꽉 쥐고는 놓아주질 않더라."

"……."

"자기 절대로 포기하지 말라고 하는 것 같더라."

"그랬냐."

"윤찬아, 우리 하은이 수술 잘되겠지?"

이택진이 고사리 같은 하은이의 손을 살짝 쥐었다.

"당연하지."

"아, 집도의가 한상훈 교수님으로 바뀌었다면서? 너, 알고 있었어?"

이택진이 물었다.

"어, 방금 들었어."

"후우, 잘하실 수 있을까?"

"잘될 거야. 한상훈 교수도 노련한 써전이니까."

"그렇겠지? 그건 그렇고, 아까 하은이 보니까 목청이 장난 아니더라? 나중에 크면, 세계 최고의 디바가 되지 않을까? 미리 사인이라도 받아 둬야 하는 거 아닌가?"

"안 되지. 다른 건 몰라도 그건 양보 못 해. 내가 먼저 받을 거야, 절대!"

"뭐냐? 유치하게 결투라도 신청하겠다는 거냐?"

"못 할 것도 없지!"

"어? 애가 왜 이래?"

그렇게 옥신각신하는 사이, 급격히 떨어지는 하은이의 혈압. 이마를 짚어 보니 불덩어리 같았다.

"택진아, 무슨 일이야?"

"몰라, 하은이 머리가 불덩어리 같아."

"빨리, 체온부터 재 봐."

"알았어."

이택진이 황급히 체온계를 꺼내 들었다.

39.5도!

굉장히 높은 열이었다.

"어쩌지? 해열제 투여해야 하는 거 아냐?"

"침착해. 별거 아니니까. 내가 목 좀 볼게."

펜 라이트를 꺼내 비춰 보니 하은이 목이 벌겋게 부어 있었다.

그래서 칭얼거렸구나.

"목이 많이 부었어. 아무래도 브롱카이티스(기관지염)인 것 같아."

"그럼 항생제 써야 하나?"

"아니, 심장이 안 좋은 아이한테 항생제는 독이지. 가급적 약은 안 쓰는 게 좋아. 일단 열을 내려야 하니까, 찬물로 닦아 줘야 할 것 같아. 내가 닦아 줄 테니까, 넌 가서 해열제 좀 가지고 와."

"어떤 걸로 가져와야 하지? 이소프로펜 계열 먹여야 하나?"

"아니, 하은이가 이제 겨우 생후 4개월인데, 그걸 어떻게 먹여. 아세트아미노펜으로 쓰자. 2~3ml 정도, 최소 용량으로 먹여야겠어."

"아, 알았어."

이택진이 황급히 응급실을 빠져나갔다.

"다행히 열이 좀 떨어진 것 같아."

잠시 후, 해열제를 먹이고 거즈로 온몸을 닦아 주니 어느 정도 열은 잡혔다.

택진의 표정이 한결 밝아졌다.

"다행이네. 내일 당장 엑스레이 찍어 보자. 혹시, 폐렴일지도 모르니까."

"그래, 알았어."

"그나저나 택진아, 기본은 좀 알아 두자. 생후 6개월은 넘어야 이소프로펜 계열의 해열제 먹이는 거야. 말턴(인턴 마지막 월차) 때 소아과 돌면서 배운 거 기억 안 나니?"

"후우, 알긴 아는데, 당황하니까 머릿속이 하얗더라. 진짜, 아무 생각도 안 나더라고."

"하여간, 이 인간, 수술 도중에 시저나 거즈 집어넣고 가슴 닫을 놈이네, 정말."

"그러게 말이다. 아무리 생각해도 의사는 체질에 안 맞아."

이택진이 탄식을 토해 냈다.

"그래, 잘 생각했다. 가뜩이나 경쟁도 치열한데, 입이라도 하나 줄이자."

"너, 친구 맞긴 한 거냐? 이 사악한 놈아!"

"네가 체질에 안 맞는다면서?"

"야, 그냥 하는 소리지. 이 새끼, 진짜 조커 같은 놈이네? 자세히 보니 비슷한 것 같기도 하고."

"쉰 소리 그만하고. 그나저나, 여긴 내가 지키고 있을 테니까, 넌 그만 들어가 쉬어. 피곤할 텐데."

"괜찮겠냐?"

"그래, 다크서클이 가슴까지 내려온 게, 많이 피곤해 보인다."

"그러게 말이다. 벌써 36시간째 잠을 못 잔 거 같아."

이택진이 시간을 확인하고는 기지개를 켜며 하품을 했다.

"그래, 집에 들어가 좀 쉬어."

"아냐, 어차피 내일 일찍 나와야 하는데 뭘. 그냥 당직실에 가서 잠깐 눈 좀 붙일 테니까, 무슨 일 생기면 콜해라."

"그래, 알았어."

"나, 간다."

"우리 공주님, 많이 아야 했쪄요? 왜 열이 나고 그래? 이러면 수술도 못 해, 윤석아."

말캉말캉한 볼을 만져 주자 하은이가 배시시 웃었다.

하은아…….

야무지게 쥐고 있는 녀석의 손.

가볍게 펴서 그 사이로 손가락을 집어넣으니, 손가락에 힘을 주는 게 아닌가.

그렇게 한바탕 소란이 난 지 몇 시간 후, 어느새 시간은 새벽 4시를 가리키고 있었다.

칭얼대다 힘겹게 잠이 든 하은이.

세상 천진난만하게 잠들어 있는 녀석의 모습은 말 그대로 천사의 모습이었다.

난, 조심스레 일어나 밖으로 나왔다.

지이이잉.

"선생님, 고생 많으셨어요!"

소아 중환자실 문을 열고 나오자 하은이 엄마가 기다리고 있었다.

"어떻게 오셨어요?"

"아, 네. 이택진 선생님한테 들었어요. 아이가 열이 좀 난다고."

"너무 걱정 마세요. 이젠 괜찮아졌으니까요."

"고맙습니다, 선생님. 이렇게 늦은 시간까지 잠도 못 주무셔서 어떡해요?"

"아니에요. 괜찮습니다. 이게 제 일인데요, 뭐."

"그래도."

"아, 어머님! 그렇지 않아도 어머님께 드릴 말씀이 있어서 찾아뵈려고 했는데, 잘됐네요."

"무슨 하실 말씀이라도?"

아이 엄마의 표정이 불안해 보였다.

"특별한 거 아니니까, 긴장하실 필요 없으세요."

"아, 네."

"다름이 아니라, 제가 착각을 좀 했더라고요."

"네, 뭘요?"

"풍진 말이에요."

한상훈의 지시로 어쩔 수 없이 풍진 얘기를 꺼내지 않을 수 없었다.

"아, 네."

"교수님께 여쭤보니 부모가 풍진에 걸린 경험이 있다고 꼭 아이의 심장에 이상이 있는 건 아니라고 하시네요. 너무 걱정 마세요."

"아, 아니에요, 선생님. 전 벌써 잊었는걸요."

"아닙니다. 의사로서 정확한 사실만을 말씀드려야 했는데, 제가 너무 경솔했어요."

"고맙습니다, 선생님. 그렇게 말씀해 주셔서요. 아, 이거."

눈물이 그렁그렁해진 그녀가 내게 음료수를 건네주었다.

"감사합니다, 어머님. 잘 마실게요."

벌컥벌컥, 난 단숨에 음료를 마셔 버렸다.

"와, 이거 마시니까 기운 솟는데요? 참, 하은이 울음소리가 굉장히 우렁차요."

"그래요?"

"네네, 목청이 좋은 게, 나중에 가수시키면 성공할 거 같던데요?"

"또 아이돌요?"

"예, 되다마다요! 나중에 하은이 콘서트 하면 꼭, 저 초대해 주세요. 그런 의미에서 이거 뇌물이에요."

"머리띠네요?"

"네."

"이걸 왜?"

"오해는 말아 주세요. 그게, 매력이긴 한데, 솔직히 우리 하은이가 쪼끔 중성적이잖아요. 죄송합니다."

"죄송하긴요! 맞아요, 우리 애가 밖에 데리고 나가면 장군 감이란 소리 많이 들었어요. 그래서 이걸 주시는 거구나. 그나저나 머리띠가 조금 큰 것 같은데."

아이 엄마의 얼굴이 조금은 밝아졌다.

"나중에요. 하은이 아장아장 걸을 때, 해 주세요. 그래서 일부러 좀 더 큰 걸로 샀습니다."

"선생님!"

아이 엄마가 머리띠를 받아 들었다.

"어머님도 새끼손가락이 유난히 기네요?"

그녀의 손가락이 눈에 들어왔다.

"네?"

"하은이도 유난히 새끼손가락이 길더라고요."

"우리 집안 유전이에요. 하은이 외할머니도 그렇거든요. 못생겼죠?"

"그렇군요. 아무튼 하은이 지금은 열도 많이 떨어져서 자고 있어요. 너무 걱정 안 하셔도 됩니다."

"감사합니다, 선생님."

다행히도 이렇게 잠깐의 소란은 마무리가 되었다.

♥

다음 날.

엑스레이 검사 결과 하은이는 폐렴으로 진단되었으나, 증세는 심하지 않아 큰 문제는 되지 않았다.

다만 심장 수술을 앞두고 있어, 제대로 약을 쓸 수 없는 상황이라 대증 치료를 할 수 밖에 없었고, 다행히 점차 회복돼 수술을 받을 수 있게 되었다.

마취 통증 의학과.

하은이의 팔로사징 수술 날짜는 내일모레. 나는 하은이의
검사 결과를 전달하기 위해 마취과를 찾았다.

"음, 별다른 건 없네?"

하은이 차트를 넘겨 보며 마취 통증 의학과 펠로우, 성한
수가 말했다.

"네, 특별한 건 없습니다. 얼마 전에 폐렴기가 있었는데,
지금은 치료가 된 상태고요."

"그래, 이 아인 심장 빼고는 나머지는 괜찮네. 옥시전 세
츄어레이션(산소포화도)도 나쁘지 않고, 헤모글로빈도 괜찮고
간 수치도 이 정도면 양호하고, 이 정도면 전신마취 하는 데
큰 문제는 없을 것 같네."

성한수가 검사 결과지를 살펴보았다.

"선생님, 뭐 하나만 질문드려도 되겠습니까?"

"해 봐."

"하은이 같은 경우는 보통 전신마취를 하게 되잖아요."

"물론이야."

"근데, 아이가 체력도 약하고 심장도 안 좋은데, 괜찮겠습
니까?"

"보통, 이 아이같이 유아기 때 전신마취를 하게 되면 발달
장애 정도가 정상인 아이들보다 세 배 정도 높다는 학계의
보고가 있긴 한데, 반대로 1회성 전신마취라면 큰 문제가 없
다는 의견도 만만치 않아. 물론 간이나 신장, 폐 쪽에 무리가

가는 건 어쩔 수 없고. 그건, 어른도 마찬가지야."

그건 나도 아는 거고.

"그렇군요."

"게다가, 그렇다고 구더기 무서워서 장 안 담글 순 없잖아? 팔로싸징 수술하는데, 전신마취 안 하고 방법이 있나?"

"그렇긴 하죠."

"그나저나 이 아이가 김 선생, 첫 환자인가?"

"네, 레지던트로 배정받은 환자는 이 아이가 처음입니다."

"신경 많이 쓰이지?"

"조금요."

"다들 처음엔 그래. 특히나 전공의 첫 환자는 더 신경이 쓰이는 법이지. 너무 걱정 마. 자네가 생각하는 것보다 전신마취는 안전한 편이야. 뭐, 밀리그런트 하이퍼데미아(악성고열증)만 아니라면."

"악성고열증을 말씀하시는 겁니까?"

"악성고열증을 알아?"

잘은 몰라도 대충은 알지.

"네, 마취 중 사망 사고 중에 가장 많은 케이스를 차지하죠. 하지만 그렇게 흔한 건 아니잖습니까."

"잘 아네. 뭐, 딱히 걱정할 필요는 없어. 확률이 0.0006% 정도 되니까, 거의 제로에 가깝다고 할 수 있지."

악성고열증.

전신마취 중, 갑자기 전신마비가 오는 증세.

5분당 체온이 1도씩 상승되어, 체온이 42도~43도까지 치솟아 치명적이다.

체온뿐만 아니라 빈맥 등 다양한 증세가 발현되어, 적절한 조치를 취하지 않으면 사망하게 된다.

의료사고 중, 상당 부분을 차지할 정도로 악성고열증은 마취 의사들에겐 공포의 존재였다.

"아, 다행이네요. 그나저나 왜 악성고열증 같은 게 발생하는 거죠?"

"그거야 뭐, 다양한 이유가 있지만, 유전적인 요소가 가장 크다고 보고 있어."

유전이라…….

"그래서 사전에 악성고열증 가족력이 있는지 확인하는 거고. 하지만 가족들이 전신마취 경험이 없다면, 악성고열증이 있는지, 없는지 알 수 없으니, 것도 유명무실하지."

"RYR1유전자 검사를 하면 되지 않습니까?"

"요즘 흉부외과에서는 그런 것도 가르쳐? 어떻게 아는 거야?"

"그냥, 들은풍월입니다."

"그렇긴 한데, 그게 민감도가 너무 떨어져서 효용성이 떨어져. 하나 마나야."

"신경이 좀 쓰여서요."

"그래, 첫 환자라 신경이 쓰이는 건 알겠다만, 기우야. 게다가 수술방에서도 어느 정도 대비는 해 두고 있어."

"단트롤렌 말씀하시는 겁니까?"

"혈, 넌 아는 것도 많아서 먹고 싶은 것도 많겠다. 너, CS 버리고 우리 과 올래?"

"아, 아뇨."

"나도 그냥 해 본 소리다, 인마. 고함 교수한테 팔 잘릴 일 있냐? 아무튼 약도 있으니까, 크게 걱정은 안 해도 돼. 정황상 그럴 가능성은 없잖아?"

"그렇긴 하죠. 하은이 부모님 두 분 다 악성고열증 병력이 없으니까요."

"그럼 특별히 걱정할 것 없어."

"그랬으면 좋겠네요."

"그나저나, 참 좋을 때다. 이렇게 환자에 신경 쓰는 모습을 보니, 나도 너 같은 때가 있었는데. 보기 좋은데?"

성한수가 천천히 고개를 내저었다.

나도 그럴 때가 있었죠.

악성고열증이라…….

♥

흉부외과 컨퍼런스 룸.

"이번 하은이 TOF(팔로사징)는 쉽지 않을 것 같다. 다들 바짝 긴장해야 할 거야."

"네, 교수님."

"폴리싸이시미아(적혈구 증가증)나 디하이드레이션(탈수증)이 심할 경우엔 세레브럴 트롬보시스(뇌 혈전)에 전신마비가 올 수도 있으니, 각별히 주의를 기울여야 하는 거 명심하고."

"네."

"천 선생, 하은이 상태는 어때?"

"네, 오전에 갑자기 저산소성 발작이 생겨 과호흡을 하길래 모르핀 투여해 진정시켰습니다."

"지금은 괜찮나?"

"네, 양호한 편입니다. 혹시, 발작이 지속되면 디곡신(심부전 치료제) 투입하도록 하겠습니다."

"뭐라고?"

"디, 디곡신(심부전 치료제)요."

고함 교수가 눈을 부라리자 천기수의 목소리가 기어들어 갔다.

"디곡신(강심제)이 뭐 하는 데 쓰는 약이야?"

"심부전 약으로."

"그런데?"

"네?"

"하은이가 지금 심부전이냐고?"

"그게."

"너, TOF(팔로사징)에 대해서 알기나 하고 떠벌리는 거냐?"

"죄, 죄송합니다, 교수님."

"네가 무슨 잘못이 있겠냐, 제대로 못 가르친 내가 죽일 놈이지."

"……."

천기수가 벌게진 얼굴로 고개를 숙였다.

"선무당이 사람 잡는다는 소리가 있어. 잘 좀 하자, 제발!"

큭큭.

전공의들이 튀어나오려는 웃음소리를 손바닥으로 틀어막았다.

"잘 들어, 가능하면 약을 쓰지 않는 게 좋지만, 발작이 지속되면 프로프라놀롤(propranolol : 교감신경차단제) 소량 투입해 주고 경과 보도록 해. 아이는 이제 갓 백일이 지난 핏덩이라는 걸 잊지 마, 한심한 놈아."

"네."

천기수가 말없이 고개를 숙였다.

"대답은 잘하지. 너, 오늘 중으로 TOF(팔로사징) 관련 합병증에 대해서 레포트 작성해 와. 내 마음에 차지 않으면 무한 반복이야. 알았어?"

"네, 알겠습니다, 교수님."

"자, 다들 신경 바짝 쓰자고. 하늘이 주신 아기 천사를 이렇게 되돌려 보낼 순 없잖아?"

"네."

"이번 수술은 한상훈 교수가 맡는 거지?"

"네, 그렇습니다."

"그래, 한 교수면 두 다리 뻗고 자도 되겠군. 잘해 봐. 한
두 번 해 본 수술도 아니잖아."

"네, 최선을 다하겠습니다."

짝짝짝.

"자 자, 오늘도 환자 살리러 갑시다."

고함 교수가 손바닥을 마주치며 우리들을 독려했다.

"히드라 개박살 나는 참사를 목격하다니! 이게 꿈이냐 생
시냐?"

컨퍼런스가 끝나자 이택진이 킥킥거렸다. 히드라는 그가
지어 준 천기수의 별명이었다.

"좋아할 것 없어. 몇 년 뒤 우리 모습이 될지도 모르니까."

"야, 좀비 목 물어뜯어 먹는 소리 하지 마라. 난, 저럴 거
면 치프 안 할란다."

이택진이 절레절레 고개를 내저었다.

"그럼 그 치프 내가 하지 뭐."

"치사한 새끼."

"여긴 잡아먹지 않으면 먹히는 정글이야. 정신 바짝 차려,
이택진."

"그래, 니 똥 굵다."

잠시 후.

"김윤찬 선생, 너무 섭섭하게 생각하지 마."

내가 하은이 수술진에 포함되지 않은 걸 말하는 모양이었다. 한상훈이 날 위로했다.

"괜찮습니다."

"이번 수술은 정말 어려운 수술이잖아. 김윤찬 선생보다 경험 많은 선배들이 들어가는 게 맞지."

"네, 알고 있습니다."

"그래, 그렇게 생각한다니 다행이네. 그래도 참관은 해도 좋으니까, 수술방엔 들어와도 좋아."

한상훈이 입가에 미소를 띠었다.

"네, 감사합니다."

♥

그날 밤, 환자 대기실.

고되고 힘들었던 하루, 업무를 마친 나는 커피를 마시기 위해 로비로 나왔다.

불 꺼진 적막한 환자 대기실. 하은 아빠가 멍하니 자리에 앉아 있었다. 덩치 큰 이 남자의 어깨가 유난히 초라해 보였다.

"하은 아버……."

그 순간 고함 교수가 모습을 드러냈다.

"수술 전날이라 긴장되시죠?"

부드러운 어조로 그를 위로하는 이 남자는 고함 교수였다.

하아, 레지던트한테 대하는 것과는 천지 차이구나.

"네, 교수님."

"하은이 녀석이 생각보다 씩씩해서 이번 수술은 한번 해 볼 만할 것 같은데요?"

"저, 정말입니까? 괜히 절 안심시키려고……."

"아뇨, 전 빈말은 못 합니다."

"말이라도 감사합니다, 교수님."

"어휴, 제가 집도를 해야 하는데, 수술 스케줄 때문에 못 하게 됐어요."

"괜찮습니다."

"하은이 같은 케이스에 있어선 한상훈 교수가 저보다 뛰어나니까 잘 해낼 겁니다."

"정말 감사합니다, 교수님. 감사합니다."

"다 큰 어른이 이렇게 우시면 어쩌나?"

고함 교수가 손수건을 내어 주었다.

"고맙습니다."

"고맙긴요. 코만 풀지······."

팽, 그와 동시에 하은 아빠가 코를 풀어 버렸다.

"흠흠, 그건 그렇고, 하은 엄마는 안 보이네요?"

고함 교수가 미간을 살짝 찌푸리며 물었다.

"성당에 갔어요."

"아, 천주교 신자시군요."

"네, 뭐, 지푸라기라도 잡는 심정으로 가는 것 같아요. 뭐라도 의지해야 견딜 수 있으니까요."

"네에."

"몇 해 전에 장모님이 돌아가셨는데, 어머님이 독실한 천주교 신자셨거든요. 그 이후로 애 엄마도 신자가 됐죠. 어머님의 유언이기도 했고."

"그렇군요."

"오늘이 하은이 외할머니 기일인데, 사정이 이렇다 보니 내려가 보지도 못하고 그래서, 겸사겸사 갔습니다."

외할머님이 돌아가셨구나.

나는 좀 더 두 사람의 대화를 지켜보기로 했다.

"지금 같은 상황에선 그분한테 의지해 보는 것도 나쁘지 않죠. 저야, 그분과 맞짱을 떠야 하는 입장이라 좀 다르지만요. 우리 하은이 씩씩해서 수술 잘될 겁니다."

"감사합니다, 정말 감사합니다."

주르륵.

하은 아빠의 눈에서 뜨거운 눈물이 흘러내렸다.

"그러면 전 이만 가 보겠습니다."

"네, 교수님."

"아버님, 여기서 뭐 하세요?"

잠시 후, 고함 교수님의 모습이 보이지 않자 그에게 다가갔다.

"선생님!"

하은 아빠가 황급히 눈물을 훔쳐 냈다.

"이거 좀 드실래요?"

음료수 뚜껑을 따 그에게 내밀었다.

"뭘, 이런 걸."

"드세요. 커피만 마시지 마시고요."

"네, 감사합니다."

"아버님, 실례가 되지 않는다면 제가 옆에 앉아도 될까요?"

"아, 네. 물론이죠. 앉으세요."

하은 아빠가 기꺼이 자리를 내주었다.

"많이 힘드시죠?"

"아뇨, 괜찮습니다."

옅은 미소를 띠긴 했지만, 얼마나 마음고생이 심했는지 눈이 퀭해 보였다.

"한상훈 교수님은 이 분야, 최고의 권위자세요. 수술 잘될 겁니다. 하은이도 씩씩하게 이겨 낼 거고."

"감사합니다."

"그건 그렇고, 오다가 얼핏 들으니, 하은이 외할머니가 돌아가셨나 봐요?"

"아! 들으셨군요?"

"네, 본의 아니게 고함 교수님과 대화 나누시는 걸 엿들었어요."

"아, 재작년에 돌아가셨습니다."

"아, 노환이셨나 봐요?"

"아뇨, 허무하게 돌아가셨습니다. 건강하신 분이셨는데."

"저런."

"애 엄마가 그것 때문에 마음고생이 심했는데, 하은이마저 이렇게 되니 지금 제정신이 아닐 겁니다."

"결례가 되지 않는다면 이유를 여쭤봐도."

"그럼요. 다 지난 일인데요. 원래 디스크가 있으셨는데 척추 수술을 받으시다 돌아가셨어요. 그렇게 위험한 수술은 아니라고 했거든요."

하은이 외할머니가 수술을 받다 돌아가셨다?

그 순간, 하은 엄마가 했던 말이 떠올랐다.

–하은이도 유난히 새끼손가락이 길더라고요. 길이가 약

지만 한 게.

　─아, 그게. 우리 집안 유전이에요. 하은이 외할머니도 그
렇거든요. 못생겼죠?

　그리고 또 하나의 기억.

　─왜 악성고열증 같은 게 발생하는 거죠?
　─그거야 뭐, 다양한 이유가 있지만, 유전적인 요소가 가
장 크다고 보고 있어.

　하은 엄마와 성한수 교수가 했던 말이 동시에 오버랩되는
순간, 심장이 덜컥 내려앉는 듯했다.
　서, 설마? 아니겠지?
　"아버님, 하은이 외할머님 사인이 뭐죠?"
　"글쎄요. 제가 알기론 수술 중에 갑작스러운 쇼크로 돌아
가신 걸로 알아요. 저도 상세한 건 모릅니다. 어쩌면 하은이
엄마는 알지도."
　하은이 아빠가 고개를 갸웃거렸다.
　"어머님이요?"
　"네, 저보다는 하은 엄마가 더 잘 알 거예요."
　"그래요? 어머님 전화번호 좀 알려 주세요."
　"그게, 애 엄마가 핸드폰을 두고 갔는데, 항상 성당 갈 땐

핸드폰을 두고 가거든요."

하은 아빠가 주섬주섬 주머니에서 핸드폰을 꺼내 들었다.

"어머님은 병원으로 언제 돌아오시죠?"

"안 올 겁니다. 거기서 기도한다고 했으니까."

젠장, 큰일이네. 당장 몇 시간 뒤면 수술인데.

만약에 하은이가 악성고열증이 맞는다면 여러 가지 조치를 해야 하는데, 그러면 너무 늦는다! 지금 바로 어머님을 만나 봐야겠어.

"그렇군요. 성당이 어딘지는 아시죠?"

"그야, 알고 있죠. 그런데 왜요?"

"지금은 시간이 없으니까, 자세한 건 나중에 말씀드릴게요. 성당 주소 좀 알려 주세요. 제가 좀 가 봐야 할 것 같네요."

시간을 확인해 보니 시계가 새벽 3시를 가리키고 있었다.

"성당엘 가신다고요? 이 시간에?"

"네, 제가 어머님께 여쭤볼 말씀이 있어서요."

"아이고, 시간이 늦어서 택시도 안 잡힐 텐데……. 정 그러시면 제가 모셔다 드리죠."

"아니에요. 부모님 중에 한 분은 여기 계셔야죠. 밤새 무슨 일이 있을지도 모르는데요. 저 혼자 다녀오겠습니다."

"이게 무슨 일이래? 알겠습니다. 제가 문자로 약도 보내 드릴게요. 선생님 전번 주세요."

"네, 번호 여기 있어요."

"아, 그나저나 이게 도움이 될지 모르겠는데, 당시에 어머님이 너무 억울하게 돌아가시는 바람에 저희가 병원 상대로 소송을 했었어요."

하은 아빠가 약도를 전송하며 말했다.

"그래요? 무슨 소송요?"

"그게, 제가 의학에는 완전 문외한이라 잘은 모르겠지만, 아무튼 소송 결과는 저희가 졌습니다. 그때, 병원에서 위로금 조로 몇 푼 받았을 뿐이에요."

"그러면 어머님은 그 소송 내용을 잘 아시겠네요."

"아마도, 저보다는 그럴 겁니다."

"네, 알겠습니다."

"택시!"

잠시 후, 난 하은 아빠로부터 성당 주소를 받아 들고는 서둘러 발걸음을 옮겼다.

"네, 어서 오세요. 어디로 모실까요?"

"금호 4동 성당으로 갑시다."

"금호 4동 성당요! 알겠습니다."

택시기사가 브레이크에서 얹어 놓은 발을 풀었다.

"택진아, 나다."

택시에 오르자마자 택진이한테 전화를 걸었다.

−어, 그래. 무슨 일이야? 하은이한테 무슨 일 생겼어?

이택진의 머릿속도 하은이 일로 가득 차 있었다.

"아니, 그런 건 아니고, 나 지금 성당 가거든."

−거길 왜?

"하은 엄마 만나러."

−그니깐 하은 엄마를 왜 만나는데?

"아직은 확실하지 않아서 뭐라고 말할 순 없고, 어머님 만나서 확실해지면 말해 줄게. 혹시, 히드라가 찾으면 커버 좀쳐 줘라."

−하아, 세상에 그런 지랄맞은 미션을. 아무튼, 내가 알아서 할게. 그건 그렇고, 뭐라도 힌트를 좀 줘야 하지 않겠냐? 그래야 나도 뭘 비벼도 비벼 보지?

"네가 알아서 해. 아무튼 전화 끊는다."

난 지체 없이 종료 버튼을 눌렀다.

"아저씨, 저 조금 일찍 도착해야 할 것 같은데요?"

점점 흘러가는 시간, 내 심장도 그에 맞춰 속도를 내기 시작했다.

"의사세요? 얼핏 말씀하시는 걸 들어 보니 심각한 것 같은데, 응급 환자라도?"

"네, 그러니 좀 속도를 내 주세요."

"오케이, 알겠습니다. 새벽이라 막히지도 않으니, 좀 밟아 보겠습니다."

"네, 감사합니다."

기사 아저씨가 액셀을 힘껏 밟았다.

성당에 도착하니 시각은 새벽 4시.

하은이 수술까지는 4시간 정도 남았지만, 마음이 급했다.

차에서 내려 황급히 성당 안으로 달려가니 다행히도 하은 엄마가 기도를 하고 있었다.

"어머님!"

"어, 선생님? 선생님께서 어떻게?"

"어머님, 저 뭐 하나만 여쭤볼게요."

"네? 말씀하세요. 그나저나 무슨 땀을."

그녀가 영문도 모른 채, 손수건을 건네주었다.

"어머님, 혹시 하은이 외할머니가 척추 수술 중에 돌아가신 것 맞습니까?"

"그걸 어떻게 아셨어요?"

"아버님이 말씀해 주셨어요. 수술 중에 돌아가셨다면 사인이 있을 텐데, 그게 뭔가요?"

"저도 자세히는 모르는데, 듣기로는 갑자기 고열이 생기면서 전신마비가 왔고 그, 뭐더라, 맥박이 빨리 뛰는?"

"네, 빈맥요."

"맞아요, 빈맥! 빈맥으로 인해 심정지로 돌아가신 걸로 알아요. 그런데 왜요?"

발작성 빈맥에 의한 심정지?

악성고열증의 전형적인 증세다!

하은이 외할머니는 분명, 악성고열증으로 돌아가신 게 틀림없어.

"어머님, 지금부터 잘 들으세요. 하은이 수술시키면 안 돼요."

"네? 그게 무슨 말씀이세요? 몇 시간 뒤면 수술할 텐데요."

하은 엄마의 눈동자가 부풀어 올랐다.

"그게, 자세한 설명은 드릴 수 없지만, 어쩌면 하은이 외할머니가 돌아가신 원인과 같은 원인으로 하은이에게 문제가 생길 수도 있어요. 지금이라도 수술을 포기해야 합니다. 아니, 최소한 며칠만이라도 연기를 하셔야 해요."

"이 일을 어째?"

황당한 표정의 그녀. 당연한 반응이었다.

"그게, 자세히 설명할 순 없지만 하은이는 전신마취를 하면 절대로 안 돼요."

"네?"

"하은이도 돌아가신 외할머니처럼 악성고열증일 확률이 높아요."

"어머, 이 일을 어째?"

당황한 그녀의 얼굴이 붉게 상기되었다.

"하은이가 어머님 손가락을 닮았듯 유전일 가능성이 높아요. 악성고열증도 유전인자의 영향이 가장 크거든요."

"그럼 제가 어떻게 해야 해요?"

"어머님, 아버님이 보호자시니 일단, 교수님께 수술을 연기해 달라고 하셔야 해요. 지금으로선 그 방법이 가장 빠른 방법입니다."

"아, 알았어요. 병원에 들어가서 애 아빠와 상의해서 바로 연락드릴게요."

"네, 그렇게 하죠. 바로 출발하는 게 좋겠어요."

"네, 알았어요, 선생님."

잠시 후.

"교수님, 밤늦게 죄송합니다. 저, 하은 엄마예요."

성당에서 돌아온 하은 엄마가 직접 한상훈 교수한테 전화를 걸었다.

－네, 어머님. 이 시간에 무슨 일이세요?

"그게 아니고, 사실은……."

－그런 일이 있었습니까?

"네, 김윤찬 선생님이 하은이 수술을 미뤄야 한다고 하셔서요."

－네. 혹시, 옆에 김윤찬 선생 있으면, 좀 바꿔 주시겠습니까?

"아, 네, 교수님. 옆에 계시니 바꿔 드릴게요."

―네, 그래 주십시오.

"교수님, 접니다."

난 하은 엄마 휴대폰을 받아 들었다.

―김윤찬 선생, 지금 판타지 소설 쓰는 건가?

"하은이가 악성고열증일 확률이 있습니다."

―김윤찬 선생, 지금부터 내 말 잘 들어. 백번 양보해서 김 선생의 말이 맞을 수도 있다고 치자고.

"……"

―하은이 외할머니가 악성고열증으로 돌아가셨을 확률은 0.0006%야. 그렇다면 하은이가 악성고열증일 가능성은 더욱 더 줄어들겠지. 근데, 하은이가 제때에 수술을 받지 못해서 사망할 확률은 내 생각엔 적어도 70%가 넘는다. 김윤찬 선생이 합리적인 의사라면 뭘 선택해야겠나?

"그 0.0006%가 하은이에게는 100%일 수도 있습니다. 시간 오래 끌지 않겠습니다. 하은이 외할머니가 수술을 받았던 병원에서 진단서만 받으면……."

―지금 김윤찬 선생이 말한 대로 지금의 모든 상황은 만약이라고! 그 만약의 반대편에 있는 팩트는 99.9994%는 아니라는 거지. 수술 시간 몇 시간 앞두고, 경솔하게 이게 무슨 짓이야? 가뜩이나 보호자들 불안에 떨고 있는데?

"성수병원에서 사망진단서만 받아 내면 됩니다!"

—그래, 자네 말대로 만에 하나 천에 하나 하은이가 악성 고열증을 가지고 있다고 치자. 그럴 경우를 대비해서 환자 체온 모니터링하고 매뉴얼대로 찬물 위세척, 열교환 치료 등의 조치를 취하는 거야. 게다가 단트롤렌이라는 훌륭한 치료제가 있다고.

"네, 그건 저도 알고 있습니다."

—그런데 뭐가 문제야?

"하지만 그 단트롤렌, 우리 병원엔 단 1앰풀도 없습니다."

—뭐, 뭐라고?

"제가 확인해 봤습니다. 저도 믿을 수 없었지만, 없습니다! 단트롤렌이 유통 구조가 복잡하고 유통기한이 짧아 구비하고 있는 병원이 거의 없어요. 전국 권역 센터 여덟 곳에 있는 모든 약을 다 합쳐도 20여 개 앰풀밖에 안 됩니다."

—확실해?

조금은 당황한 한상훈 교수의 목소리였다.

"네, 확실합니다. 물론, 최근 강남에 있는 성형외과에서 마케팅 목적으로 구입하는 빈도가 높아졌다고 하던데, 그곳에라도 가서 빌려 올까요? 어느 병원에 가야 빌릴 수 있는지 말씀해 주세요!"

—음, 일단 그 부분은 내가 확인해 보도록 하지.

"충분히 테스트하고 문제가 되는 부분을 최소화한 후에 수술을 해도 늦지 않습니다."

－그렇다고 수술을 미룰 순 없어.

"하은이 잘못될 수도 있습니다. 병원에 연락이 되는 대로 진단서 받아 오겠습니다. 조금만 기다려⋯⋯."

－김윤찬 선생, 잘 들어. 내가 집도의야. 모든 건 내가 판단하고 결정해. 단트롤렌이 없으면 만들어서라도 가지고 올 테니까, 김윤찬 선생은 빠져.

"교수님, 그게 아니라⋯⋯."

뚝.

한상훈 교수가 냉정하게 전화를 끊어 버렸다.

일개 레지던트의 말을 믿고 수술 스케줄을 미룰 순 없었겠지.

그리고 무엇보다 자존심이 이를 허락지 않았을 것이다.

어떡하든 이 수술을 할 사람이야, 한상훈 교수는.

난 즉시 하은이 외할머니가 입원했던 병원에 전화를 걸었다.

"뭐라고요? 담당 교수가 연수를 갔단 말입니까?"

－네.

"아니, 그러면 그 밑에 레지던트들이 있을 거 아닙니까?"

―법적으로 무선 전송은 어렵고 정, 급하시면 직접 오십시오. 그러면 발급해 드리겠습니다.

"여기 서울인데 언제 거기까지 갑니까?"

　―그럼 뭐, 할 수 없죠. 저희도 방법이 없군요.

　담당 교수에게 전화 한번 걸어 확인해 주면 끝날 일. 하지만 그조차도 허락되지 않았다.

　난 다른 방법을 찾아야만 했다.

"어머니, 하은이 할머니 소송했었다고 했죠?"

　맞아, 소송을 했다면 기록이 남아 있을 거야.

"네, 그랬어요. 변호사를 통해 저희가 소송을 제기했었죠."

"그러면 소송 관련 자료가 있겠네요?"

"아마, 변호사님이 가지고 계실 텐데."

"변호사 연락처는 알고 계시나요?"

"아, 네. 그건 알고 있어요. 잠시만요."

　하은 엄마가 지갑에서 명함을 꺼내, 내게 주었다.

　조창식 변호사.

　나는 황급히 핸드폰을 꺼내 들었다.

　띠리리링.

"여보……."

　―고객의 사정으로 인해 당분간 착신이 금지되어 있습니다.

뭐야, 이건? 잘못 걸었나?

띠리리링.

–지금 거신 전화번호는 없는 번호입니다.

사무실로 전화를 걸어 보았지만, 마찬가지였다.

핸드폰도 사무실 전화도 모두 걸리지 않은 난감한 상황이었다.

이런 제길!

설상가상, 소송 담당 변호사와 연락할 방법이 아무것도 없었다.

"어머님, 아무래도 변호사 사무실에 직접 가 봐야 할 것 같습니다."

"선생님, 잠시만요."

자리에서 일어나려 하자 하은 엄마가 내 팔을 잡아당겼다.

"네? 왜요?"

"선생님, 그냥 교수님 말씀대로 하시는 게 어떻겠어요?"

무모하게 애쓰는 내 모습이 안타까운 모양이었다.

"아닙니다. 자칫 하은이가 위험할 수 있어요. 할머님이 그렇게 돌아가셨는데, 하은이마저 그럴 순 없어요. 반드시 이 수술 미뤄야 합니다."

"선생님!"

하은 엄마가 눈물을 글썽거렸다.

"죄송하지만, 어머님 차 좀 제가 빌릴 수 있을까요?"

"네, 물론이죠."

그녀가 눈물을 훔쳐 내며 키를 건네주었다.

"저 출발할게요."

"저도 같이 가요, 선생님."

하은 엄마가 자리에서 일어났다.

"아뇨, 어머님은 병원으로 돌아가세요. 나머지는 제가 알아서 하겠습니다."

"그래도…….."

"아니에요. 하은이 곁에 엄마가 있어야죠. 빨리 병원으로 가세요."

"네, 알겠어요, 선생님. 정말 감사합니다, 우리 하은이 챙겨 주셔서."

"하은이 제 환자예요. 최선을 다하겠다는 약속 지키고 싶어요. 지금 이 순간, 이게 제가 할 수 있는 최선입니다, 어머니."

"선생님."

띠리리링.

그녀의 집에서 나와 차에 올라타자마자 택진이한테 전화를 걸었다.

"택진아, 지금부터 내 말 잘 들어."

-뭐야? 너, 어디야?

"지금 교육대역으로 가고 있어."

—인마, 너, 무슨 홍길동이냐? 동에 번쩍, 서에 번쩍 하게? 병원 발칵 뒤집어 놓고 어딜 다니는 거야?

"길게 설명 못 한다. 어쩌면 내가 하은이 수술 전에 도착하지 못할지도 모르니까, 일단 네가 막아."

—뭘?

"하은이 수술! 어떡하든 하은이 수술 막아. 내가 올 때까지."

—미치겠네. 그걸 무슨 수로 막아? 내가 원장이냐? 아니면 과장이라도 되냐?

"난 그런 거 모르겠고, 수술방 앞에서 드러눕든 하은이 데리고 도망을 치든, 어떡하든 막아. 반드시."

—아놔, 이거 완전 또라이네. 뭘 드러눕고…….

틱, 종료 버튼을 눌러 버렸다. 더 이상, 녀석과 입씨름할 시간이 없었다.

부우웅, 나는 액셀에 올려놓은 발에 더욱더 힘을 주었다.

♥

교육대역 사거리.

대충 여기쯤인데…….

중앙선 침범도 속도위반도 눈에 들어오지 않았다. 있는 대로 밟아 가까스로 변호사 사무실 근처에 도착할 수 있었다.

이제 수술까지 남은 시간은 2시간여.

더 이상 지체할 수 없었다.

명함을 들고 사거리 모퉁이를 도는 순간, 회색 건물 3층, 조창식 변호사 사무실이라는 간판이 보였다.

건물 입구에 이삿짐센터에서 나온 것으로 보이는 트럭이 주차해 있었다.

뭐야 이게?

지체 없이 뛰어 올라간 3층 복도.

어이없게도 이삿짐센터 직원들이 짐을 들고 나오고 있었다.

"잠깐, 잠깐만요!"

"뭡니까? 바빠 죽겠는데."

"혹시, 조창식 변호사 사무실 이삿짐입니까?"

"보면 모르슈?"

퉁명스럽게 답하는 이삿짐센터 직원들.

"그, 그럼 조창식 변호사는 어디 있습니까?"

"저기 안에 있을걸요."

직원이 턱짓으로 변호사 사무실을 가리켰다.

"아, 네. 감사합니다."

마음이 급한 나는 한걸음에 사무실 안으로 뛰어 들어갔다.

"혹시, 조창식 변호사님 계십니까?"

"네?"

짐을 정리하고 있던 한 남자가 내 목소리에 반응을 보였다.

"네네, 실례합니다. 조 변호사님 되십니까?"

"네. 그런데 무슨 일로?"

"아, 저는 연희병원 의사, 김윤찬입니다."

천만다행이었다. 나는 천신만고 끝에 조창식 변호사를 만날 수 있었다.

"의사 선생님이 무슨 일로?"

"좀 전에 전화를 드렸는데, 안 받으셔서요."

"아, 의뢰인이십니까? 근데 어쩌죠? 당분간 사무실 문을 닫아야 할 것 같은데."

"아뇨, 그게 아니라, 사실 하은이라는 어린 환자가 있는데……."

나는 그에게 자초지종을 상세히 설명했다.

"아, 이제야 기억이 나네요. 김정순 할머니 사건."

"기억나십니까?"

"네, 맞습니다. 그 사건 제가 맡았죠. 패소했지만."

"그래요? 하은이 할머니 소송 관련 서류, 지금 가지고 계시죠?"

설마? 설마?

가슴이 쿵쾅거렸다.

"네네, 운이 참 좋으시네요. 조금만 늦었어도 폐기 처리할 뻔했어요. 잠시만 기다리세요."

다행이었다.

정말, 불행 중 다행이었다.

"네, 감사합니다, 변호사님."

"여기 있어요. 거기 별첨 자료 보면 진료 내역서도 자세히 나와 있습니다. 하아, 이 사건은 정말 두고두고 아쉬운 사건이네요."

잠시 후, 조창식 변호사가 먼지가 뿌옇게 쌓인 서류 뭉치를 가지고 나왔다.

한참을 뒤적여 마침내 찾아낸 진료 내역서, 별첨 14페이지.

갑작스러운 고열과 전신 마비…… 최종 소견은 발작성 악성고열증. 환자의 유전적 원인으로 판단함.

명확히 쓰여 있는 주치의 소견이었다.

찾았어!

"변호사님, 혹시 팩스 됩니까?"

"아뇨, 다 망해서 이사 가는 사무실에 무슨 팩스가 됩니까? 전화세도 밀려서 끊은 마당에."

조창식 변호사가 냉소적인 표정을 지었다.

"젠장, 알겠습니다."

그렇다면 사진을 찍어 전송하는 방법뿐, 황급히 핸드폰을 꺼내 들어 마취통증과 성한수 교수에게 전화를 걸었다.

"교수님, 제가 지금 사진 몇 장 보낼 테니까, 확인 좀 해 주세요."

─뭔데?

"보시면 아실 겁니다. 지금 보낼게요."

─자다가 무슨 뒷다리 긁는 소리야? 대충이라도 설명을 해 줘야 할 것 아냐?

"오늘 수술하는 하은이 외할머니의 사망 소견입니다. 외할머니가 악성고열증이면 하은이도 가능성 있죠?"

─물론이지.

"지금 보내 드리는 사진이 하은이 외할머니 사망 소견입니다."

─그러니까 아이 할머니가 악성고열증으로 돌아가신 거라고?

"네, 그렇습니다. 아무래도 한상훈 교수님이 수술을 강행하실 것 같습니다. 교수님이 좀 말려 주세요."

─음, 일단 사진 보내 봐.

"네, 알겠습니다. 지금 바로 전송할게요."

난 곧바로 사진을 성한수 교수에게 전송했다.

미친 듯이 액셀을 밟아 달려온 병원. 시간을 확인해 보니 이미 수술 예정 시각이 지나 버렸다.

난 성한수 교수가 한상훈 교수를 설득했기를 바랄 뿐이었다.

잠시 후.

"택진아, 어떻게 된 거야? 한상훈 교수님, 교수실에 안 계시던데?"

헉헉, 계단으로 뛰어올라 오느라 숨이 목까지 차고 다리가 후들거렸다.

"어떻게 되긴? 수술 들어가셨지."

"뭐라고? 그게 말이 돼? 성한수 교수님은?"

"성한수 교수님은 왜?"

"아무 말씀이 없으셨다고?"

"몰라!"

"제길, 이게 무슨 개떡 같은 상황이야. 어떻게 그러실 수 있는 거야? 말도 안 돼!"

"진정해라, 친구야."

"너라면 진정하겠어? 너라도 막았어야지. 어떡하든 막았어야지!"

"그게 가능하다고 생각하냐? 교수님이 수술하시겠다는데,

레지던트 1년 차가 무슨 수로 막니?"

"아무리 그래도 그렇지. 그냥 들어가시게 하면 어떡해? 바짓가랑이라도 잡고 늘어졌어야지."

"내가 어떻게 그걸 하나?"

"미친놈. 너 하은이 죽일래?"

띵.

그 순간 엘리베이터 문이 열리더니 성한수 교수가 나왔다.

"김윤찬, 너 여기서 뭐 해?"

"교수님, 어떻게 이러실 수 있으십니까?"

"뭐야, 그 눈빛은? 잘하면 치겠는데?"

성한수 교수가 어이없다는 듯이 미간을 찌푸렸다.

"저랑 약속하셨잖습니까?"

"그래서, 뭐? 네 말대로 했잖아?"

"네? 그게 지금 무슨 말씀이신지?"

"인마, 당연히 수술 연기해야지."

"네?"

"지금 한상훈 교수 만나고 오는 길이야. 일단 하은이 수술은 미루기로 했다."

"저, 정말입니까?"

"자식, 그 자료를 보고도 어떻게 모른 척해?"

"감사합니다. 정말 감사합니다."

"수고했어. 네가 하은이 살렸다."
그사이, 이택진은 이미 사라진 지 오래였다.
이택진, 이 새끼! 잡히면 죽는다!

다음 권으로 이어집니다

魔帝南宮
마제

문운도 신무협 장편소설

**회귀한 뇌왕, 가족을 지키기 위해
정파의 중심에서 제대로 흑화하다!**

세상을 뒤집으려는 귀천성에 맞서 싸우다
가족을 모두 잃고 제물로 바쳐진 뇌왕 남궁진화
마지막 순간 원수의 뒤통수를 치고 죽으려 했으나
제물을 바치는 진법이 뒤틀리며 과거로 회귀하다!?

남궁세가의 양자가 된 어린 시절로 돌아온 후
귀천성이 노리는 자신의 체질을 연구하다 기연을 얻고
회귀 전과 다른 엄청난 미모와 함께
뇌전의 비밀마저 알아내 경지를 뛰어넘는데……

**가족들에게는 꽃처럼 사랑스러운 막내지만
적이라면 일단 패고 보는 패악질의 끝판왕!
귀천성 때려잡기에 나서다!**

꿈의 도약, 로크에서 하십시오
(주)로크미디어에서 신인 작가를 모십니다

즐거운 세상, 로크미디어는 꿈을 사랑하고 도전을 두려워하지 않는 작가 분들의 참신한 작품을 기다리고 있습니다. 21세기 장르 문학계를 이끌어 갈 차세대 선두 주자 (주)로크미디어에서 여러분의 나래를 활짝 펴 보시길 바랍니다.

모집 분야 판타지와 무협을 포함한 장르 문학
모집 대상 아마추어 작가, 인터넷 작가
모집 기한 수시 모집

작품 접수 시 유의 사항

1. 파일명은 작가명_작품명.hwp형식을 갖춰 주십시오.
1. 파일에 들어갈 내용은 다음과 같습니다.
   - 성명(필명인 경우 실명을 밝혀 주세요), 연락처, 이메일 주소
   - 제목, 기획 의도
   - A4용지 1장 분량의 등장인물 소개
   - A4용지 2장 분량의 전체 줄거리
   - 본문
1. 작품이 인터넷에 연재되고 있다면, 게시판명과 사이트의 구체적이고 정확한 주소를 기재해 주십시오.

선택된 작품은 정식 계약 후 출판물로 간행되어 전국 서점에 유통됩니다.
작가 분은 (주)로크미디어의 전폭적인 지원하에 전속 작가로 활동하시게 됩니다.
※ 자세한 내용은 로크미디어 홈페이지(rokmedia.com)를 참조하세요.

(03920)서울시 마포구 성암로 330 DMC첨단산업센터 3층 318호
(주)로크미디어 편집부 신간 기획 담당자 앞
전화 : 02) 3273-5135
www.rokmedia.com   이메일 : rokmedia@empas.com

The Final
더 파이널

유성 퓨전 판타지 장편소설

「아크」「로열 페이트」「아크 더 레전드」
작가 유성의 새로운 도전!

회귀의 굴레에 갇혀 이계로의 전이와 죽음을 반복하는 태영
계속되는 죽음에도 삶에 대한 의지를 불태우던 어느 날

갑자기 시작된 침식으로 이계와 현대가 합쳐진다!

두 세계가 합쳐진 순간,
저주 같던 회귀는 미래의 지식이 되고
쌓인 경험은 태영의 힘이 되는데……

이계의 기연을 모조리 흡수해
누구도 넘볼 수 없는 전사로 우뚝 서다!